山东大学韩国学院
韩国研究丛书

延静 著

延静随想集

山东大学出版社

图书在版编目(CIP)数据

延静随想集/延静著．—济南：山东大学出版社，2015.9
ISBN 978-7-5607-5370-6

Ⅰ.①延…　Ⅱ.①延…　Ⅲ.①散文集—中国—当代
Ⅳ.①I267

中国版本图书馆 CIP 数据核字(2015)第 223113 号

责任策划　赵　岩
责任编辑　陈佳意
封面设计　牛　钧

出版发行：山东大学出版社
社　址　山东省济南市山大南路 20 号
邮　编　250100
电　话　市场部(0531)88364466
经　销：山东省新华书店
印　刷：山东华鑫天成印刷有限公司
规　格：720 毫米×1000 毫米　1/16
15.25 印张　227 千字
版　次：2015 年 9 月第 1 版
印　次：2015 年 9 月第 1 次印刷
定　价：32.00 元

前 言

这本集子收集了我们2012年以来所写的随笔、评论，大多在香港《大公报》“大公园”副刊和评论版发表，感谢山东大学韩国学院和山东大学出版社对结集出版给予鼎力支持。

要说明的是关于书名问题。我们本来起的书名是《随想集》，因为大部分文章属于随想，包括对往事的回忆、对某件事的点滴看法、在旅游观光中的感受等。但出版社看过书稿后提出，《随想集》已很多，为了避免重复，建议改为《延静随想集》。我们虽不是大人物，但认为他们的意见有道理，也就予以同意。

还有一点想说明，就是关于书中的文章排序。本来想分类分篇编排，但分来分去没有成功。现在文章的排列是以发表时间先后为序，不分类分篇，读者阅读可能感到有些杂乱，或者有跳跃感，但我们又想，由此也可能带来阅读的随意性，不致被同类文章束缚而感到枯燥单调。读者愿意看什么文章，还可从目录中选择。

我们平时喜欢写点小文，但深知水平有限，出这本集子主要为了留个纪念，读者愿意阅读就是我们的最大荣幸，如果读后不吝指教，我们将十分感谢。

作 者

2015年4月20日

目 录

忆许锬

在朝鲜老一代领导人中，曾任副总理兼外交部长的许锬给我留下的印象最深，这可能是因为在我的外交生涯中多次见到过他，也许与他的个人性格和品德不无关系。

20 世纪 60 年代初，我在中国驻朝鲜大使馆任职，担任郝德青大使的翻译，第一次见到时任朝鲜外务省副相的许锬。当时朝鲜外务相是朴成哲，主管全面外交事务，工作很忙；主管对华事务的副相金永南，实际是第一副相，工作也很忙。许锬主管苏联东欧事务，但不止一次代表朴成哲、金永南会见郝大使。许锬身材不高，身体偏胖，交谈问候，彬彬有礼。他曾留学苏联，能讲流利的俄语，这可能是他主管苏联东欧事务的一个原因。他给我印象最深刻的是，不管情况如何复杂，他谈吐真诚，思路清晰，逻辑性强，颇具说服力。我心想，这是一位出色外交官的才能。

不出所料，1972 年，许锬接替朴成哲出任外务相。当年 12 月，姬鹏飞外长应邀访问朝鲜，与许锬举行了会谈，受到金日成主席的会见和宴请。1973 年年初，许锬作为外务相首次应邀前来中国访问，受到中方的热情接待。姬鹏飞外长与他举行了会谈，周恩来总理会见了他。许锬还访问了毛主席故居韶山。这两次访问，进一步加强了中朝关系。

在那之后，许锬还曾多次访华，商谈双方关心的问题。当时，中朝两国在外交方面商议最多的是南北朝鲜加入联合国问题。朝鲜曾在 20 世纪 40 年代联合国成立初期申请过加入联合国，但由于美国的阻挠而被拒之门外，成为一个悬案。1972 年，朝鲜和韩国获得国际支持，加入联合国所属世界卫生组织，随后分别在联合国设立了观察员办事处，成为与联合国关系的一个突破。那之后，韩国开始酝酿加入联合国成为正式成员，到20世纪80年代，多次提出朝鲜半岛南北“共同加入”或韩国“单独加入”方案，要求联合国大会审议。对此持何态度，就成为每年中朝外交会谈中的一项重要议题。

在加入联合国问题上，朝鲜一开始是不同意“共同加入”或“单独加入”方案的，许锬访华在多次会谈中阐述这一立场。朝方的理由是，联合国是世界最大的国际组织，一旦南北双方“共同加入”或韩国“单独加入”，朝鲜半岛分裂将会永久化，再难实现统一。他们还提出，如果联合国安理会讨论“共同加入”或“单独加入”方案，希望中国予以否决。根据当时的国际形势和朝鲜半岛南北关系，中方认为，朝鲜的主张有一定的道理，表示赞同。但这之后，国际形势发生了变化，促使朝鲜和韩国于当年9月同时加入联合国，这当然是后话。

1983年5月中旬，吴学谦外长准备访问朝鲜。但谁也没有想到，5月初发生意外事件——一架中国民航客机被劫持，降落在韩国春川机场。为了解决此事，保证旅客安全，中方紧急派代表团前往汉城（今首尔），经过多日紧张谈判，旅客和飞机全部安全返回。在没有外交关系的中韩之间发生如此事件，而且较快得到解决，引起外界的高度关注。鉴于当时朝鲜强烈要求社会主义国家不要与韩国发生任何来往，事发后中方及时向正在路过北京的许锬外长作了通报，许锬听后表示，千百年发生一次的突发事件，朝方完全可以理解。之后吴学谦外长按计划访问朝鲜，与许锬举行了会谈，受到金日成主席会见，访问进行得很顺利。

20世纪80年代中期，许锬升任朝党中央政治局委员、中央书记兼国际部长，外交部长由金永南接任。当时我在中国驻朝鲜大使馆任政务参赞。每年2月16日金正日生日，国际部都要举行大型庆祝活动招待外交使团，许锬一般均出席，与各国外交官见面，有时还看到他与女外交官翩翩起舞的身影。

不过那之后不久便听说他身体不是很好。我1989年离开使馆后再没有与他见过面，后来知悉他于 1991 不幸辞世。许锬担任朝鲜外务相长达十几年，访问过世界几十个国家，促进了朝鲜与各国关系的发展。他曾多次访问中国，得到周总理的接见，还曾多次陪同金日成主席访华，为加强和发展中朝关系做出了贡献，我一直不能忘记他。

（2012 年 3 月 23 日）

难得的冷静

为迎接中韩建交二十周年，不久前在北京举行了第四次“北京—首尔”论坛，韩国前总理李洪九、前外务部长官韩升洲等人士与会，使我有机会再次见到这两位老朋友，并聆听他们对中韩关系的一些看法。

韩升洲是我最早认识的韩国朋友之一。1993年2月，金泳三就任韩国第十四任总统后，韩升洲被任命为第一任外务部长官。他本是学者出身，执教于高丽大学，多年研究国际政治，在韩国国内和国际上有一定声望。他的任命出乎很多人预料。更让人出乎意料的是，他上任还不到一个月，朝鲜就因核查问题与国际原子能机构闹僵，从而宣布退出《不扩散核武器条约》，致使朝鲜半岛局势骤然紧张。韩国当局如何面对这一事态，令外界十分关注。韩升洲第一次与外交使团见面，就碰上了这个棘手问题。然而见面那天，沉着的韩升洲面带笑容出现在使节面前：“各位使节朋友，我十分高兴与大家见面，今后将与各位携手合作。当前朝鲜半岛面临严峻局势，但我想应冷静应对，通过对话和协商谋求问题的解决，而不是诉诸对抗。”他从容的致辞使在场的各国使节心里踏实了不少。那之后，韩升洲不知疲劳，为解决核危机而奔走在国际上。美朝经过艰苦谈判，一年后达成核框架协议，这中间或许与韩升洲的努力是分不开的。

李洪九也是我在韩国期间结识的一位老朋友。他也是学者出身，曾任韩国驻英国大使，回国后先后出任副总理和总理，是处理错综复杂问题的高手。1994年年中，经过美国前总统卡特从中斡旋，金泳三总统和金日成主席达成原则协议，在平壤举行历史性的南北首脑会晤。双方还决定，有关会晤日期、人员、交通等具体事宜，交由双方代表举行预备会谈商定。朝鲜半岛南北分裂几十年，相互误解积怨甚深，举行首脑会谈的具体安排面临诸多难题。但时任副总理的李洪九出任韩国代表，在预备会谈中较为顺利地与朝鲜代表就各项问题达成了协议。当然，后来由于金日成突然去世，使这次预定当年 7 月 27 日举行的首脑会谈流产，但李洪九却显示了他驾驭复杂问题的才能。

在这次“北京—首尔”论坛上，中韩双方代表都充分肯定中韩建交二十年来取得的成果，但对面临的一些问题比如海域划分、捕鱼越界、“脱北者”问题等也流露出某种担忧。李洪九、韩升洲也发表了看法，他们认为中韩建交后，两国关系发展迅速，成果丰硕。朝鲜半岛局势虽然复杂，但也维持了和平与稳定局面。中韩关系中遇到的一些问题，是发展中的问题，要冷静对待，通过对话沟通，妥善解决，不赞成媒体炒作。他们还强调，在维护朝鲜半岛和平与稳定方面，中国所持立场十分重要，韩国方面应当给予更多的理解。与会者对他们的观点表示赞同。

这使我感到，面对复杂的问题，特别是复杂的国际问题，保持冷静而避免情绪化是多么重要。对于中韩关系前景，尽管乐观看好，但也有不同的杂音，韩国两位学者出身的官员的发言给了我们不少启示。

（2012 年 4 月 28 日）

漫步隆福寺街

那天，在娃哈哈餐厅吃过午饭，我们夫妇信步来到不远的隆福寺街漫步，儿时记忆不觉浮现眼前。

六十多年前，我小时候家住在朝阳门外，离隆福寺不远，常来这条街玩耍。那时街的两侧都是卖东西的店铺，铺眼不大，窄窄蹩蹩。记得最清楚的有两件事：一是在古庙隆福寺内，有卖灌肠的小摊儿，离老远就能闻到香喷喷的味道，我和小伙伴嘴馋，常用仅有的零花钱买一盘坐在长长的木板凳上解解馋。二是每到秋天，沿街两侧是卖蛐蛐的小贩，我们喜欢斗蛐蛐，常到荒郊野外自己去捉，有时也去隆福寺街看卖蛐蛐的。而现在，昔日的光景已不见，街道展宽了，服装、美容、化妆品店的门面也很时尚。

在街上走着走着，无意中发现路北一家电影院，名叫“长虹”，顷刻往事浮上心头。儿时也是在这个位置，有一家名叫“蟾宫”的电影院，设备座位比较高级，在北京市属一流影院。隆福寺街口还有一家叫“明星”的电影院，设备就简陋不少，算是普通级别。我们有时也去“蟾宫”影院看电影，票价较贵，更多是去“明星”影院，票价便宜，而且买一张循环场的票，可以连着看好几部电影。《夜半歌声》《马路天使》《一江春水向东流》等影片，都是在这家影院看的。

既然到了“长虹”影院门口，我们又多年没进影院看电影了，于是就走了进去。海报上介绍，当天放映《钱学森》《桃姐》《星光灿烂》等影片，我们选择了《钱学森》，到售票处去买票。“老人优惠，半价。”售票员告诉我们。我们很高兴，付了钱。“请下楼，在第五电影厅看。”售票员又说。我们有点摸不着头脑。“难道电影院还有几个电影厅？”我们心里琢磨着，乘扶梯下了楼。

几十年没进电影院，变化之大真是没有想到。这家影院有六个电影厅，最大的第一电影厅容纳 300 人，第二、第三、第四电影厅容纳人数逐次减少，第五电影厅容纳 40 人，第六电影厅更小，容纳 20 人，观看 3D 电影。电影厅外面是不小的商店，各种饮料齐全，还有爆米花放在一个筒子里出售。进入第五电影厅看到，每个座位都是沙发椅，宽大舒适，椅子左侧扶手上还有个圆洞，供观众放饮料杯子或爆米花桶，设计可谓周到。可惜的是，这么好的电影厅，这天除我们夫妇外，观众还有 5 个年轻人，大部分位子空着，显得冷落。经了解方知，北京的电影院都有多个电影厅，有商店，还有咖啡厅，集欣赏与休闲于一体，成为今天的特色。

走出影院不远，我们进了一家旧书店。过去这条街上有好几家旧书店，“修文堂”“东雅堂”“文殿阁”等，在北京小有名气，但我们年纪小，很少光顾。现在，旧书店只有“中国书店”一家，远不如当年。店内图书不少，但浏览后感到，古籍不多，大部分是新中国成立后出版的书籍，失去当年的韵味。

和很多事情一样，一条街增加了什么，也难免会失去什么，这也许就是眼前的现实。

（2012 年 5 月 7 日）

别样京剧演唱会

外交部京剧协会最近举行了一次演唱会，由京剧协会名誉会员、韩国驻华大使李揆亨安排，地点在他的官邸，这使京剧协会成立十几年来每年举行一次的演唱会第一次搬进了外国驻华大使馆。

这天天气晴朗，官邸庭院很大，既有西式洋房，又有韩式古屋，鲜花盛开，争奇斗艳。演唱会会场设在一侧大厅，舞台上方悬挂"京剧演唱联谊会"横幅，两侧竖有中韩两国国旗。李揆亨大使在大厅迎接来宾，前国务委员唐家璇等贵宾和外交部京剧协会会员陆续到达，顷刻大厅人头攒动，热闹起来。

演唱会开始，外交部京剧协会副会长致辞，对李揆亨大使举办这次活动周到细致的安排表示衷心感谢。副会长说，外交部京剧协会会长杨洁篪外长，因有公务不能参加今天的活动，但他说今年是中韩建交二十周年，这次活动很有意义，并祝活动取得圆满成功。

李揆亨大使接着用中文致辞，欢迎大家的到来。他回顾了中韩建交二十年来两国关系发展中取得的丰硕成果，表示深信今后两国关系将会发展得越来越好。他还说，今天是一个吉日，是他到任一周年。大家听后高兴地为他鼓掌。李揆亨稍停顿后诙谐地说，他很喜欢京剧，学习演唱已十几年。他的主要任务当然是做好大使，推动韩中关系更快地发展，但唱戏给他带来更大的喜悦。他的这番话，引来全场一阵笑声。

李揆亨是韩国资深职业外交官，自幼熟读《三国演义》等中国古典名著，倾心中韩文化，并有诗集《偶尔溢满心田》出版。十几年前他第一次来北京担任韩国驻华使馆公使时，一下子就迷上了中国京剧，参加了中国外交部京剧协会，成为名誉会员，并开始学唱京戏。两年多后他奉调回国，担任外务部第二次官，之后又奉命出任韩国驻俄罗斯大使，因公务繁忙，这期间他曾对京剧多少有些疏远。但他去年奉命来北京出任大使后，很快就与外交部京剧协会取得联系，并在繁忙公务之余请来他原先的老师指导他恢复京剧演唱，还学了几个新段子。他曾设宴招待中韩友好协会会长罗豪才，席间演唱了一段京剧。去年李克强副总理访问韩国，在韩国国务总理举行的欢迎晚宴上，李揆亨征得李克强副总理同意，也兴致勃勃地唱了一段京剧。他学唱京戏十分刻苦认真，连他的老师谈起也啧啧赞叹："外国人学唱京戏很难，他学到现在这个水平很不容易"。

这天，在外交部京剧协会会员纷纷登台演出后，李揆亨大使登台，与著名青年女演员郭霄合作，演唱了他新学的段子《武家坡》。李揆亨饰演薛平贵，郭霄饰演王宝钏，配合默契，演唱精湛。之后他又独唱了一段《洪羊洞》，唱腔优美，韵味十足，获得满堂喝彩。特别是李揆亨背下很难的戏文，发音清晰，咬字清楚，连不少老戏迷听后都赞叹不已。

这天演唱会，北京票友会会长钱江和名票杨洁以及张建国、黄炳强、李阳鸣等名家也登台演出。著名书法家李纯博向李揆亨大使赠送书法作品。这是一首嵌名题词："国祚揆叙，茂豫亨衢。"祝愿李揆亨大使前程似锦，祝愿中韩两国关系再上一层楼。

（2012 年 5 月 20 日）

济州行

时隔几年，我又来到韩国南端的济州岛。从北京出发，乘飞机直飞，只要两个小时，就到达济州道的首府济州市。正值初夏，走出机场，满目绿色，一排排高高的椰子树在海风中摇曳，使人感到置身于亚热带南国。

这次来济州岛，是为了参加济州论坛。2012 年是中韩建交二十周年，我们得到组委会的邀请，将在论坛上回顾中韩建交以来取得的成果，同时展望中韩关系发展的未来。济州论坛成立于 2001 年，最初几年称为“济州和平论坛”，隔年举办一届，但随着规模的扩大和与会者的增加，从 2011 年第六届起更名为“为了和平和繁荣论坛”，并决定每年举办一届。本届论坛在济州阳光酒店举行，主题为“新的发展趋势和亚洲的未来”，共设六个会场，分经济、社会、环保、教育、文化、旅游等多个专题展开，吉尔吉斯总理、澳大利亚前总理、联合国开发署代表等 2000 多人与会。

我和中国外交部前副部长、中韩建交谈判中方代表徐敦信之所以收到邀请，得助于热心致力中韩关系发展的人士的推动。早在 2012 年 3 月，韩国前驻华大使、现韩国国立研究院中国研究中心主任辛正承就发来电邮，告知今年济州论坛的情况，并询问我们与会的可能性。他二十年前是韩国外务部亚洲局科长，主管中国事务，曾参加中韩建交谈判，2008 年出任驻华大使，多年来致力于中韩关系的发展。

另一位不能不提的热心推动中韩关系发展的人士，就是曾出任韩国驻华大使的权丙铉。他是一位职业外交官，二十年前曾任中韩建交谈判韩方首席代表，1998 年出任驻华大使。退休后直到现在，他不顾

74 岁高龄，每年带领上百名韩国青年，不畏严寒和风沙，到中国内蒙古等地植树造林，参与建造绿色长城的事业，精神甚为可嘉。

这次济州论坛是韩国济州道地方自治政府主办的活动，也得到中央政府的大力支持。韩国国务总理金滉植出席开幕式并致辞，外交通商部长官金星焕设午宴招待主要贵宾。在中韩建交二十年回顾与展望论坛会场，那天上百名听众与会，气氛热烈活跃。与会者一致认为，中韩关系在现有基础上，今后十年、二十年或更长时间，经过双方的共同努力，一定会取得更大的发展。

这次去济州，无暇游览，但也看到它的变化。我们下榻的阳光酒店，是一家坐落在济州岛东南部的五星级酒店。此前我曾住过新罗酒店、乐天酒店，但阳光酒店近年竣工，规模宏大，设备豪华。酒店四周，树木苍郁，花团锦簇；住进房间，凭窗远眺，无垠大海，尽收眼底。这次论坛的所有客人都住在这家酒店，所有的活动也都在酒店举行。

济州岛以旅游业为主，这几年新开发的景点不断增加，旅游设施更臻完善，旅游特色更加浓郁。被称为"韩国夏威夷"的济州岛，人口只有 50 多万，但每年接待的游客近 200 万。中国游客去济州岛可免签证，去年中国游客突破 50 万，占外国游客第一位，这从一个侧面反映了中韩关系的飞速发展。

（2012 年 6 月 9 日）

丽水剪影

世博会正在韩国南部丽水举行，论坛结束后，我们乘高铁从首尔出发，三个多小时后到达这座海滨城市。大约十几年前，我曾来过这里，参观了几个化工企业，但留下的印象不深。而这次一走出高铁车站，就为眼前的车水马龙所吸引，心中不禁自语："变化真是很大!"

丽水在韩国陆地的最南端，处于全罗南道和庆尚南道交界处，人口30万，在全国城市中排位靠后。由于城市靠海，化工发展较早，水平较高，仅此而已。但自2006年取得世博会举办权之后，特别是近三年，在举国的大力支援下，充分利用民间投资，大兴市政和场馆建设，这里发生了巨大的变化。

我们来丽水乘坐的高铁，就是为世博会而新建的线路。韩国建设高铁较晚，开通至今不过十年，最初只有首尔至釜山线，后扩至光州线，这次为支援世博会又延至丽水。我虽多次来韩国，但乘坐高铁还是第一次。车厢宽敞，座位舒适，行车平稳，特别是沿途可饱览车外风光，是优于乘飞机之处。现在，韩国人来丽水多选择乘高铁，那天我们出站后顷刻裹入人流之中。

我们下榻的MVL(Most Valuable Lifted的缩写)酒店，是为迎接世博会兴建的多个酒店之一。走进大堂，四壁银白耀眼，弯曲的室内造型，勾勒出长长的海岸线。酒店的形状更为独特，高29层，犹如一只帆船，矗立海边，等待起航。酒店系由大明企业投资，2010年7月动工，2012年3月落成开始接待客人。房间也是银白色，家具呈鹅黄色，整洁而淡雅，凭窗远眺，旖旎的海景一览无余。

丽水世博会属认可(专业)性质，与综合性上海世博会相比，规模要小，展期也只有三个月。但据介绍，这次世博会动员的财力、物力也甚为可观。世博园区设在梧桐岛边，面积 270 万平方米，参加国家和国际组织上百个，兴建场馆几十个，相关基础工程投资达几十亿美元。以“生机勃勃的海洋与海岸”为主题的这次世博会 5 月 12 日开幕，李明博总统出席了盛大的开幕典礼并宣布世博会开幕。

我们参观了主题馆、海洋科技馆、水族馆和韩国馆，各馆展示的内容都与海洋密切相关。随着巨大的影像，我们既参观了彩色缤纷的海底，又游览了北极熊出没的北冰洋，感受到海洋的无穷魅力，也懂得了发展海洋科技与人类生存息息相关。中国馆的主题为“人海相依”，沿海 11 个城市参与，每个城市轮流举办三天活动，展出各自的特色展品。世博会园区内人潮涌动，不少外国游客也前来参观。

次日离开丽水，乘大巴前往光州，途经正在筹建中的顺天世界园艺博览会园区，我们又作了短暂停留。顺天属韩国中小城市，人口 28 万，但已获得 2014 年世界园艺博览会举办权，开幕在即，目前正在大兴土木，加紧筹备。通过此行我们感到，韩国在首尔、釜山等大城市成功举办过奥运会、亚运会后，正努力推动中小城市承担大型国际活动，以加快这些城市的发展速度，提高城市的品位和国际知名度。据说丽水举办世博会，可为全市提供 7 万个就业岗位，城市发展可提前二十年。顺天这座不大的城市，通过举办世界园艺博览会又会带来什么成果，不能不引发人们的遐想。

（2012 年 6 月 13 日）

晤李相玉忆往事

近日去首尔，时隔十年，又见到了韩国前外务长官李相玉。二十年前中韩建交时，他曾代表韩国政府，与代表中国政府的钱其琛外长一起，在中韩建交公报上签字。李相玉现已78岁高龄，仍稳重儒雅，精神尚好。他得知我们来到首尔，特来参加晚宴，与我们见面。握手时，他端详着我说："头发全白了。"我赶忙回应："您还和过去一样是黑发。"他笑着说："我是染的，也老了。"落座后不久他感慨地说："时间过得真快，中韩建交已经二十年。"我说："二十年前，您做了一件大事。"他微笑着点点头。交谈中，他还问到钱其琛前外长，并要我转达他的问候。

我与李相玉相识于1991年11月，当时我随钱其琛外长前往首尔参加亚太经合组织第三届部长级会议。那次会议的一项议程是审议中国加入亚太经合组织，而当时中国加入涉及台湾和香港加入，必须找出一个解决办法，使中国同意，各成员方也能接受。因部长级会议在首尔举行，韩国外务长官李相玉就当然成为会议主席。他深感自己的责任，多次指示韩国高官巡访各成员国，就中国加入问题征询意见，商议解决途径。在他的不懈努力下，几经周折和反复，终于找出为各方所接受的方案：中国以主权国家加入，台湾和香港以地方经济体加入，并在部长级会议上通过。会议期间，钱其琛与李相玉共进早餐，感谢他为解决中国入会问题所作的努力。李相玉欢迎中国入会，并表示韩国希望与中国尽快改善和发展关系。在中韩没有外交关系的情况下进行的这次访问，实际上为中韩关系的改善铺了路。

转过年来，也就是1992年4月，亚太经社理事会第四十五届年会在北京举行，韩国外务长官李相玉为此来到北京。当时来北京的各国外长很多，但为了商议会务问题，也为了就中韩关系改善交换意见，钱其琛外长特在钓鱼台国宾馆设午宴招待李相玉。记者退出后，钱其琛回顾了近几年朝鲜半岛局势和中韩关系的情况，提议为了进一步改善中韩关系，建议双方考虑各成立一个班子，相互接触，非正式交换意见。李相玉一听喜出望外，因为他也正在考虑如何改善与中国的关系问题，因此立即表示同意。双方外长达成协议后，各自很快任命了大使级谈判班子，并于当年5月开始了接触。实际上，中韩建交谈判从此正式开始。

中韩建交谈判过程中虽有过一些困难和曲折，但总的看比较顺利。经过三轮谈判，双方就达成了建交协议，韩国承认中华人民共和国是代表中国的唯一合法政府；中国承认大韩民国政府，支持朝鲜半岛南北实现和平统一。中韩双方还商定，8月24日签署建交公报并对外宣布。李相玉于8月23日再次来到北京，交谈中感到他虽言谈斯文，但内心并不平静，因为他即将完成一件大事。次日上午，中韩建交公报签署仪式在钓鱼台国宾馆芳菲苑举行，钱其琛和李相玉分别代表各自政府在建交公报上签字，双方电视台向全世界现场转播了这一盛况。

1992年9月，我奉命前往首尔履新，在向卢泰愚总统递交国书之前，拜会了李相玉外长，递交了国书副本。李相玉对我到任表示欢迎，说韩中关系自此开始了新的一页。之后我前往青瓦台向卢泰愚总统递交国书并进行交谈，李相玉一直陪同在侧。

李相玉是在1993年年初卢泰愚总统结束任期后卸任外务长官职务的。卸任之前，他周到安排，特别设宴招待我，共同展望中韩关系的未来。2002年，我们应邀访问韩国，他还特地设宴招待我们。那之后不久，他又把新出版的厚厚的回忆录《韩国外交的转折期》寄给我，其中有不少篇幅是对中韩建交内情的回顾。

近几年，随着年事增高，李相玉前外务长官已疏于出席正式活动，离开了人们的视线。这回我们相见，感到他在不多的言谈中，仍对中国抱有坚定的信念。告别时他对我们说："请相信，韩国不会改变与中国发展关系的立场。”诚然，二十年前，韩国与中国建交，是卢泰愚总统作出的有远见的决断，但负责具体执行的李相玉外务长官一直站在第一线。今天回顾中韩建交历程，我们不会忘记他为此做出的贡献。

（2012年6月18日）

童年的儿歌

七十多年过去了，有几首小时候学的儿歌，我不但记得歌词，而且还能准确地唱出曲调。之所以如此，我想是因为这些儿歌的内容好，短小精悍，曲调优美，朗朗上口，容易记住。

印象深的有一首儿歌，我学会了歌词和曲调，不知歌名，就取名叫《卖花姑娘》："小小姑娘，清早起床，提着花篮上市场，走过大街，穿过小巷，卖花卖花，声声嚷，花儿最美，花儿最香，没人来买怎么样？满满花篮，空空钱囊，如何回家见爹娘？"歌曲曲调凄美，从学会它起，我就喜欢上这个小小卖花姑娘，嘴里常常哼着这首歌曲，把自己比作这个小姑娘，这首歌让我幼小的心灵有了很强的同情心。

说来也巧，那时我家住在北京城南宣武门外，每天清早都能听到家门口附近各种叫卖声，其中总夹杂着一个小姑娘叫卖鲜花的声音。一天我抱着好奇的心情出来寻找这个小姑娘，顺着她的叫卖声，果然看到一个身穿白底蓝花对襟小褂、梳着两个小辫子、只有六七岁模样的小姑娘，蹲在一个角落里，身边放着一篮鲜花在叫卖，我走上前去，掏出两个铜板放到她的钱袋里，拿了三五朵便宜的玉簪花，别在衣襟上，闻着清清的香气，我笑了，小姑娘也笑了。我想她今天不会空着钱袋回家，我感到很欣慰。从此，我每天早上都去找她，一边教她唱《卖花姑娘》这首儿歌，一边往她的钱袋里放几个妈妈给我的零钱，有时我还坐在她身边帮她叫卖，得了钱就放入她的钱袋，叫她回家给爹娘，让他们高兴。我们两个成了好朋友，我大她两岁，她叫我姐姐。从此我有了一个任务，就是不让小妹妹空着钱袋回家。

还有一首儿歌叫《小麻雀》，这是一出小歌剧，剧中有一个小麻雀，一个老麻雀,一个小朋友。一天早起,老麻雀出去觅食,小麻雀焦急地在家门口等着妈妈回来。小朋友走到小麻雀身边唱道:“小麻雀呀,小麻雀呀,你的母亲哪里去了?”小麻雀回答:“我的母亲打食去了,还不回来,饿得真难受。”小朋友唱:“我家有许多小青豆,我家有许多小虫肉,你要吃吃喝喝跟我一同走!”于是他们一起高兴地唱起来:“我的小朋友,我的好朋友,大家牵着手,走啊走啊走!”他们走后,老麻雀回来了,发现小麻雀不见了,焦急地唱道:“哎呀不好了,女儿不见了,娇娇女儿年纪小,飞飞不会高飞上树梢,渺渺茫茫,路远山遥,往何处找,静悄悄,时光不早,好不心焦。”小朋友领着小麻雀上场,见状忙问老麻雀为什么这样慌张,得知它正在为丢失女儿着急。小朋友很愧疚,赶忙将小麻雀送还给它,母女重逢,高兴地抱在一起。小麻雀告诉妈妈:“妈妈,我的身体好,这位小先生,和我很要好,小青豆小虫肉吃了一个饱。”老麻雀感谢小朋友,并邀请他到家里欢聚。

我上小学时,曾参加学校的文艺汇演,演的就是这出小歌剧,我在剧中饰演小麻雀。自那以后,我特别爱护小动物,懂得了人类和动物是朋友的道理。我曾和小朋友们一起为受伤的小鸟治疗养伤,养好后放飞,使它回归大自然。我们还成立了“爱护动物小组”,经常为小动物做好事。后来我将这首儿歌教会女儿,现在又教会外孙女。一天在加拿大的外孙女来电话说,她救了一只受伤的小松鼠,已交给动物保护协会救治。

我童年时还有一些儿歌是教孩子要尊敬父母,尊敬师长,爱护同学,都是四五句的歌词,短小易唱,也容易记住,后来我也都教会了女儿和外孙女。不要小看儿歌,它真是一个教育儿童的好手段。

(2012 年 6 月 20 日)

石榴花

在小区庭院散步，看到后院草坪上一朵朵火红的石榴花，在叶子不多的树枝上开得正旺，于是禁不住驻足观赏。在各种花卉中，我最喜欢石榴花，它美而不艳，朴实无华。

我最早看到石榴花，是小时候住在姥姥家。那是长在大花盆中的两棵石榴树，春天来到，一朵朵橘红的石榴花开满枝头。我小不懂事，想把花朵掰下来拿着玩儿，姥姥说，谎花掰下来还不要紧，如果是结石榴的花，可就该后悔了。说罢她教我怎么分辨，我始终没学会。到了秋天，红艳艳的石榴挂满半人多高的石榴树，煞是好看。

那之后好多年，我没有看到过石榴花，直到十几年前搬到现在居住的小区来。那年春寒料峭，院子里热闹起来，大家忙着植树美化庭院。种的树中，有玉兰，有紫薇，有樱花，也有一两株石榴树。我心想，石榴树长得很慢，不知道什么时候才能看到它开花。没想到只过了两年，就看到了石榴花把枝头染红，到秋天还结了果，虽然是小小的红色果实。

意外的是，最近去山东大学（威海），又看到久违的石榴花。那是在一幢别墅前面，有一株碗粗的石榴树，两人高的枝丫铺开，挂满火红的石榴花。我还是第一次看到如此大的石榴树。更使我吃惊的是，在别墅的另一侧，有一片石榴树林，几十株石榴树，每株都有碗粗，繁茂的枝叶连成一片，郁郁葱葱。细观之，每株顶端都开满火红的石榴花，在绿叶的衬托下蔚为壮观。更稀罕的是，早开的花朵已结出果实，透出淡淡的青绿色，十分可爱。我有点诧异，遂问身边的陪同者："为什么威海有这么多石榴树？"陪同者的回答，让我这个只知爱花却不知其来历的人开窍不少。

原来山东省可以说是我国石榴树的故乡之一。石榴树性喜热，宜干燥少雨，齐鲁大地气候较为适宜。在山东南部枣庄，有一个万亩石榴园，已经营几十年，所培植的石榴树苗出售到南方二十几个省市，颇受欢迎。石榴种类繁多，有状元红、谢花甜、冰糖籽、大青皮等，不仅是一种珍贵的浆果，甘美多汁，清凉爽口，营养多多，而且还是很好的中药材。

在石榴林边散步，陪同者约我秋天再来威海，说到时石榴树就会结果，满树拳头大小的红色果实不仅可以观赏，还可摘下品尝它的美味。我期待着。

（2012 年 7 月 6 日）

老年人吃香

“吃香”这个词，汉语词典中解释为“到处受人欢迎”之意，在我这篇小文中则是“受重视、被关心、被关爱”的意思。

现在老年人受到社会的尊重，处处受到人们的关心和关爱，我作为老年人，对此深有体会。

不久前和老伴一起去首都机场接女儿从多伦多回来，见面后三个人高兴地拥抱在一起。女儿知道我腿脚不好，将行李交给爸爸推着，她搀着我去找乘出租车的出口。好容易找到，只见那里已排起长队，我们正犹疑间，一个身着航空制服的姑娘向我们走来，和气地说：“大爷大妈，不要在这里排队，跟我来！”我们跟她走不远，一个写着“老人通道”的牌子赫然出现在我们眼前，我们松了一口气，走出通道，没多久就打上出租车，顺利地回到家。女儿高兴地说：“现在对老人可真是照顾啊！”

北京公交车上，前面靠窗一排黄色座椅，是“老弱病残孕”专座，我们每次乘公交车都在那里落座，如果黄色座椅已经坐满老年人，年轻人也会起身把他们的座位让给老年人，几次和女儿外出，她看到都很有感触。更使她感动的是，一次乘车外出，刚上车就有一位中年人给我让座，我推辞说：“我只乘一站就下车，还是您坐吧。”他却说：“您年纪大，一站也要坐，您下去我再坐。”我谢了他，舒舒服服坐了一站。

女儿说，在多伦多乘公交车，年轻人从不给老年人让座，因为老年人自以为身体健康，如给他让座，他会很自悲。这使我回忆起几年前去多伦多看女儿的往事。一天我们乘公交车去一个很远的公园，中途遇到一位老者拄着拐杖费力地上了车，正好站在我身边，我忙起身请他坐下，但他立即用手按住我的肩膀使我坐回原位，并有些激动地对我说了许多话，意思是他的腿虽然不好，但只是行走不便，站立还是可以的，所以不需要别人让位给他。我想，这可能就是东西方理念的差异吧。

但不管在东方还是在西方，政府和社会对老年人的关心和爱护还是共同的，在不少西方国家，老年人得到很好的社会福利，晚年生活有了保障。我们国家对老龄问题也越来越关心，采取的措施越来越多。就拿北京来说，从几年前开始，65岁以上的老人都得到一张“老年人优惠卡”，带着它乘公交车免费，逛公园免费，有一些餐馆凭这张卡还给老年人打折。近年来，一些社区增设了老人院，增添了各种养老设施。这些都给老年人的生活带来很多方便。针对医疗方面存在的问题，政府正在采取措施，对老年人实施优惠。总之，老年人在社会上越来越受到尊重，越来越吃香了。

（2012年7月8日）

牵牛花

牵牛花，形似喇叭，俗称“喇叭花”，我从小就喜欢。记得我童年时和父母住在外婆家四合院，我们住的是坐东朝西的东房，夏天午后晒得厉害。很多人家都讲究在窗前挂上苇席或竹子编制的帘子，遮阳避暑。母亲则不挂帘子，而是在窗前挖了一个长型花坛，密密麻麻地插上高过窗户的细竹竿，春天撒上一溜牵牛花种子，长出小嫩叶就会顺着竹竿往上爬。到了夏天，密密的绿叶遮住窗子，绿叶中间开满各色喇叭花，有红色的、紫色的、白色的，还有白色粉边的，煞是好看。整个东墙都被叶和花覆盖着，屋里一片花阴凉，清晨花儿开的时候，屋里还充满淡淡的幽香，本来晒得很热的东屋，却整天凉爽宜人。

牵牛花清晨盛开，到下午就谢落，次日清晨再开出新花。我每天早上都搬着小板凳，坐在一片牵牛花前面，数新开出的花朵，数着数着，花朵都变成小喇叭，裹着红头巾的小伙们每人一把，使劲儿地吹着，后面跟着大红轿，里面坐着蒙着红盖头的新娘，一行人吹吹打打热闹前行……喇叭花带我进入有趣的遐想。

五十年后，我随丈夫出使韩国，每天清晨我们在使馆院内散步，每走到南墙下，就看到墙中间的两扇大门上爬满了盛开的牵牛花，和我儿时母亲在东窗外种的牵牛花一样，不同的是它们是一律的淡紫色，原来这是使馆传达室老韩种的。这两扇大门是使馆南墙外华侨小学的大门，中韩建交前，这个地方就是台湾当局驻韩国的办事处，孩子们就是通过这两扇大门进出学校操场的。中韩建交后，台湾当局撤走，我们搬了进来。小学仍在，但这两扇大门却被紧紧地关闭起来，一墙之隔的使馆和小学从此不再来往。两扇大门被老韩种的牵牛花覆盖，失去了它的本来面目。每天清晨我散步至此，看到淡紫色的牵牛花绽放，却再没有儿时那样的遐想，而想到墙那边的孩子，心中充满莫名的惆怅。

随着岁月的流逝，南墙两边的人们开始融合，小学的老校长高兴地接受我们的邀请，过来出席我们的国庆招待会。他还打开南墙的两扇大门，让使馆院内停不下的前来参加招待会的外宾车辆停到小学操场上去。从此，每当使馆举行大型招待会，老校长就把两扇大门打开，小学的操场就变成使馆的停车场，老校长也经常过来做客。

为了开大门，大门上的牵牛花被老韩移到大门旁边，我每天清晨散步，走到南墙下，依然可以欣赏到这片盛开的花朵，心中感到特别开朗，特别舒畅。有时小学的孩子们把球踢过墙掉到使馆院内，我把球给他们扔回去，只听到他们高兴地喊着谢谢，这时我心中仿佛开出一片牵牛花。我又想起母亲种的那片红色的、白色的、紫色的牵牛花，我想牵牛花既可以给人遮阴避暑，也可以使人们和谐相处。

（2012 年 7 月 14 日）

几分爱心

傍晚，我走进一家小理发店，里面只有一位年轻女性在理发，我想不会等很久就可理上，心里很高兴。住家附近的大街小巷，高级理发馆很多，但我退休后十几年来，就认定了这家小理发店。这主要是因为年纪大了，不再讲究发型，只图便宜方便。这家小理发店特别优待老人，每次理发只收5元钱，比收费二三十元的高级理发馆便宜很多。理发师是一位中年女性，开店已经十几年，技术熟练，待人和气，干活麻利，方圆附近很受欢迎。因她姓江，大家亲切地叫她“小江”。

正当我等着理发时，门开了，一位妈妈领着一个女孩走进来。“给我们女儿理理发吧！”妈妈大声说。“好吧！”小江答应着。原来他们很熟，妈妈来理发过多次，但带女儿来是第一次。这时我注意到，带来的女孩一点不老实，坐不是站也不是，口里还不停地发出“噢，噢”的声音。我心有诧异，遂问坐在我身边照看女孩的妈妈：“她怎么了？”妈妈看看我，无奈地摇摇头说：“脑呆，胎里带来的。都20多岁了，第一次带她出来理发，平时就在家凑合凑合。”我不敢再多问，心中不禁佩服这位妈妈生活中为女儿付出的艰辛。

轮到我理发，我毫不犹豫地让给这个女孩。她妈代她说“谢谢”后，扶女儿坐到理发椅上，但她身子仍然左右摇摆着，口中的“噢，噢”声一刻也没有停止过。多亏小江干活利落，在妈妈的协助下，比较快地为女孩剪短了头发。我想，女孩理完总该我了。

正这时，门又开了，走进来的是一位老大妈带着一个架双拐的男孩。据这位老大妈说，那个男孩是她的孙子，半年前的冬天，雪下得很大，她的孙子和几个同学淘气，没事跳壕沟玩，结果一失足，腿摔断了。

养了半年，现在基本好了，但外出为了防止万一，还是架着拐保险。我一看，男孩的头发已经长得很长，早该理发了。

“下一位！”小江叫道。我毫不犹豫地让男孩先理，老大妈看我年纪大了，有点不同意，我还是说服了她。

这天，我在这个小理发店先后等了近一个小时，回家晚了，但我心里很坦然，觉得我也算献了几分爱心。

（2012 年 7 月 23 日）

宜居威海

威海，位于山东半岛东端，濒临大海，是一座中等城市。但它以宜居而闻名，多次被评为“全国十大宜居城市”之一，还获得联合国宜居城市奖。近日我再到威海，走走看看，又一次感受到它的无穷魅力。

我们住在山东大学威海校区学术会议中心，打开窗子，无垠的大海就展现在眼前，视线所及，海天一色，蔚为壮观。清晨在海边散步，走到伸向海中的栈桥尽头，只见湛蓝的海水清澈见底，在微微的海风中波浪荡漾，令人感到未曾有过的心旷神怡。转身望去，不远的金色海滩上，喜爱游泳的青年人已开始投向大海的怀抱。

威海整个城市，洁净清新，满眼是蓝天白云，绿树鲜花。我们常年生活在雾霾浓重的北京，更感到心情豁然开朗。我们最喜欢的是滨海大道，一侧是蔚蓝的大海，另一侧是高低有致的楼房，平坦宽阔的路面伸向远方。我们更喜欢滨海大道一侧的公园，它沿海而建，树木苍郁，绿草如茵，繁花似锦，其间点缀的各种雕塑更增添了几分幽雅和情趣。

这次到威海，还看了一场名为《神游华夏》的独具特色的演出。这场演出由华夏集团主办，它是威海最大的民间企业，承办的华夏园集教育、旅游、休闲、宾馆于一身，《神游华夏》演出是其中的一项。剧场是浮在湖上的一只大型游船，上千名观众坐在船上一排排座椅上，随着船的转动，观赏湖水四周舞台上的演出，从盘古开天到盛世中华，几千年的历史以多彩多姿的舞蹈和影像展示在观众面前，令人叹为观止。

威海还是一座中韩友好之城，外国人投资60%来自韩国，全市数十万家企业也多是韩国独资或中韩合资的企业。在城市中逛街，可以看到中韩两国文字并用的商店招牌，到处可见琳琅满目的韩国商品。

我们参观了正在兴建的韩乐坊，它是中国首家韩国文化主题商业公园，占地 5.6 万平方米，建筑面积近 10 万平方米，集商业、文化、休闲于一体，预计明年上半年建成开业。这座由威海九隆置业有限公司投资兴建的韩乐坊，是当地乐天世纪城的一部分，由于威海与韩国丽水结为友好城市，入口大门设为丽水门，是一座仿古建筑，所用门扁和上万张屋瓦已用集装箱从丽水海运到威海。韩乐坊的落成无疑将进一步促进威海与韩国的交流与合作。

在威海停留期间，经常会遇到外地的游客，他们称赞威海的气候好，风光美。威海房价比北京等大城市便宜许多，有的人在当地买了房，季节适宜时来威海居住；有的人干脆把家搬到了威海来。

（2012 年 7 月 16 日）

卢泰愚之子

与卢泰愚之子相见，是今年6月我去首尔参加纪念中韩建交二十周年论坛。那天韩国方面的欢迎晚宴安排在二十年前曾举行过中韩建交谈判的喜来登酒店一栋别墅前面的绿色草坪上，一条长桌两侧放有三十几把白色座椅，桌上矗着中韩两国国旗，显得格外庄重和喜庆。双方代表到达后随意交谈，并举目远眺，欣赏黄昏时分的汉江景色。正这时，一位身材修长的中年男子出现在我面前，似曾相识，但又叫不出名字来。曾任中韩建交谈判韩国代表的权丙铉大使在一旁忙为我引见："卢载宪先生，卢泰愚前总统的大公子。"听后我突然晃过神来，忙说："很高兴，我们见过。"卢载宪接过话说："您好！我们什么时候见过？"我告诉他："那是二十年前中韩建交初期。"

我确实见过卢载宪。1992年8月24日中韩建交，我于这年9月12日到首尔履新。向卢泰愚总统递交国书后，我开始拜会韩国领导人，最早拜会的是国会议长朴俊圭。当时卢载宪担任朴俊圭的秘书，我去拜会时是他引我进入会见室的。但事情过去二十年，细节已没多少印象。

"您的记忆力可真好。"卢载宪听我说明后脱口而出。我端详着他，脸庞、眉宇真的很像他的父亲。我问："父亲身体可好？"卢载宪脸上掠过一丝愁容："他已卧病在床，不能出席韩中建交二十周年纪念活动，特别要我今天来，向曾为韩中关系发展做出过贡献的老朋友致意。"我表示感谢，并请他向父亲转达问候，他点头应允。

二十年前中韩建交，是在卢泰愚总统任期内实现的。从中国方面讲，是邓小平改革开放政策的一个重要成果，从不承认韩国、不与其交往到承认韩国、建立外交关系并大力推动双边关系发展。从韩国方面看，卢泰愚总统着眼朝鲜半岛和平稳定和自身发展，力排众议，作出了与中国建交的决断。我任大使期间，曾多次见到过卢泰愚总统，我离任时他在寓所设宴为我送行。

欢迎晚宴次日，中韩知名人士聚集一堂，举行纪念中韩建交二十周年论坛，卢载宪也来参加。茶歇时他告诉我，他已向父亲转达了我的问候，父亲很高兴，说还记得我，也让他转达对我的问候。我感谢他，并祝愿他父亲早日康复。他还告诉我，他父亲考虑自己不能去中国，将派一个由前总理率领的代表团去中国访问，他将随行前往，并与我约定7月下旬在北京相会。

7月23日，卢载宪随同卢泰愚在任期间曾出任韩国国务总理的郑元植率领的代表团来到北京，我与他又高兴地见了面。在一次回顾中韩建交二十周年的座谈会上，郑元植发言，提出“勿忘初心”，要以当年中韩建交时的热情，继续为发展两国关系做出努力。卢载宪转达了卢泰愚前总统的口信：“二十年前我们两国一起改变了历史潮流，现在看来是当然的事，但当年却需要极大的勇气和决断。吃水不忘挖井人，我们的贡献将永留史册。建交后两国关系取得飞速发展，但为了引领亚洲和世界潮流，为了使井水永不枯竭，我们应把今天当成一个新的起点。”

交谈中，卢载宪不止一次谈到，他作为律师曾在香港工作过八年，最近几年他又去过中国很多城市，他将永远记住父亲的话，为加强和发展中韩关系献出自己的一份力量。

（2012年8月1日）

偶见毕淑敏

几天前去北京丽晶酒店参加由中国外交学会主办的中韩未来论坛，因为到得早，随意浏览放在座位上的名牌，无意中看到作家毕淑敏的名字，心中暗喜，这下有机会与她见上一面。

其实对中国作家的情况，我了解得很少，但有几个人我又印象十分深刻。年轻时，我曾崇拜过刘绍棠、从维熙，后来进入外交部工作，也就没有时间和机会再考虑这些事。即使如此，“文革”之后，他们两位复出，我还是迫不及待地找到他们的作品一读为快。刘绍棠英年早逝，我没有见过，但从维熙我曾登门拜访。与王蒙的相见也很有趣，那是一次赴首尔参加论坛，在机场出发时意外地发现与王蒙同行，而且一个多小时的飞行中与他并肩而坐，当然畅谈不止。毕淑敏的作品我读得很少，但从《北京晚报》她的专栏文章中了解到，她曾是一位医生，后来成为专业作家，这引起我的很大兴趣。所以我一直期待有机会见到她。

这天，毕淑敏来得较晚，是一位中年女性，身体微胖，面庞明朗，动作爽利。待她落座后，我匆忙过去寒暄：“久仰大名。”她接过我的名片，看后说：“很高兴认识您。”论坛马上开始，我们没有时间交谈。

中午自助餐，我与毕淑敏坐到一起，有机会与她交谈。原来她是在军队学的医术，后来曾长期到西藏工作，先做卫生兵，后做医生。她当时看到一些作品写西藏，但觉得写得不好，没有反映出西藏的真实情况。于是在20世纪80年代初，她发表了中篇小说《昆仑殇》，这是她的处女作，而且从此一发不可收，于是她放弃医生职业，成了专业作家。她写的作品，大都与她出身医生有关。截至现在，她已出版多部长篇小说，还写了不少散文、评论，达300多万字。

毕淑敏兴趣广泛，时值伦敦奥运转播，我问她是否收看，她爽快回答："当然看，应该关心。"对于金牌的归属，她还有她的看法。她认为，丁宁可能本来就认为她会战胜李晓霞，获得奥运冠军，因此比赛中出现问题，情绪波动很大，以至失去控制。而王皓就不一样，他对获得亚军有所准备，表现从容大度。她认为，比赛中什么都可能会出现，不能为金牌所累。

我问她："写了这么多作品，你比较满意的是哪一部？"她没有正面回答，只是告诉我，她最近出版了一部长篇小说《花冠病毒》，如果愿意可找来看看。她告诉我，这部书出版后，她送给一位朋友，没想到这位朋友看起来就放不下了，直到看完。病毒本来是有害的，但她特地给它加上"花冠"的头衔。我向她致谢，心里想"又是一部与医生职业分不开的作品"。

吃过午饭，毕淑敏就匆匆离开，因为她次日还要去新疆。"所以我上午作了简短发言。"她留下了这句话。去年，毕淑敏曾应外交学会之邀，随团去首尔参加了中韩未来论坛。这次即将远行，她还赶来参加论坛，可见她的责任心，也可见她对中韩关系的关心。

（2012 年 8 月 13 日）

怀念李星华老师

北京刚解放那年，我进入北京师范大学附属女子中学（简称"师大女附中"）读初一。新中国成立后的北京，每天都锣鼓喧天，喜气洋洋。我们这些十三四岁的孩子们也都兴高采烈，天天在操场上打腰鼓，扭秧歌。记得有一天，我们进入教室等待上课，忽见校长带着一位女教师走进我们的教室。这位女性近 40 岁，略胖的中等身材，穿一身灰色制服，略胖的脸上戴一副深度近视眼镜，留着一头短发。我的第一个印象是，她不漂亮，但很可亲，虽是教师，但没有教师的威严，倒像是一位慈祥的母亲。

校长介绍说，她叫李星华，从今天起，由李老师教授语文课，同时兼任我们班的班主任。校长还特别告诉我们，李星华老师是我国革命先驱李大钊先生的长女，她撰写的纪念父亲的文章《十六年前的回忆》已收录到我们的语文课本中，将由李老师亲自讲授这篇课文。这时我们都瞪大眼睛，惊异地望着这位普普通通的女教师。我想，她一定不是一位普通的女人，可革命先驱的女儿该是什么样子呢？一时解答不出来，但心中充满兴奋和期待。我们大家用热烈的掌声欢迎了她。

此后，李星华老师在讲课之余，每天都到我们班上来，跟大家聊天、谈心，一点架子也没有。她说话总是不紧不慢，就像妈妈一样关心着每一个孩子。我们这些刚入中学的小女孩，整天在学校里见不着妈妈，也就很自然地和李老师亲近起来，把她当成自己的妈妈，学习上有问题向她请教，思想上有苦闷向她诉说，生活上有困难向她求助，而李老师从来都是循循善诱，不急不躁地给同学们解决每一个问题。

终于有一天该上《十六年前的回忆》这一课了。李老师像往常一样，走进教室，站到讲台上，用平静的语气，让同学们拿出语文课本，翻到这一页。然后，像每次上课一样，李老师从头到尾，把课文朗读了一遍。文章像讲故事一样，出现了苦难、惊险、悲壮、悲痛的每一幕，每一幕都揪着我们的心。当李老师读到，她和母亲得知父亲被军阀张作霖关进监狱并最终押向刑场被执行绞刑时，伤心过度，昏死过去那一段时，哽咽得再也读不下去，我们的心里也很难过。我们知道，这每一幕都是老师的亲身经历，而这经历又是常人无法忍受的骨肉分离的巨大痛苦，老师怎能控制得住自己的感情呢！这时我们都不约而同地走上讲台，围在泪流满面的李老师身边，都想说几句安慰的话，可我们这些小孩子能说什么安慰人的话呢，反而陪着老师哭泣起来。最后还是李老师站起身，抚摸着我们的头，低声而有力地说："孩子们，擦干眼泪！我们的革命取得了最后胜利。你们要像革命前辈那样，做一个坚强勇敢的人，好好学习，长大建设好我们的国家。"我们从文章中得知，除李大钊先生英勇就义外，李星华老师和她的母亲、妹妹也都饱受了牢狱之苦和战争之险。从此在我们小小的心灵里树立起李大钊先生的高大形象，对李星华老师更产生了无比的尊敬和爱戴。这一课动人心魄，富于教育意义，是我永生难忘的。

记得那一年 10 月 1 日，天安门举行开国大典，大中学生也去参加庆祝游行，但不包括我们年龄小的孩子。我和一些同学哭着去找李老师要求参加，李老师苦口婆心地说服了我们，并答应第二年一定让我们参加。第二年国庆前夕，李老师兑现了她的承诺，不但让我们参加国庆游行，还给我们戴上了红领巾，我们成为光荣的少年先锋队队员。

初中毕业后，我考入本校高中，虽然离开了李星华老师，但语文课有问题时我仍然找李老师请教。一个星期天，我约了几个同学到李老师家去玩，出乎我的意料，她的家只是一座四合院内坐北朝南的一间小屋，屋内陈设非常简单。李老师正和孩子们吃午饭，饭桌上只有几个馒头和一碟咸菜。李老师笑着说，她不太会做饭，工作又忙，只好这样凑合。我们为她的简朴生活所感动。高中毕业前夕，选择哪一所大学，成为我们每个同学考虑的大事。除了和父母商量外，我自然又去找李老师出主意。李老师知道我喜欢文学，又想当教师，就建议我选北京师范大学中文系，李老师的建议和我的想法一拍即合。但没想到最后我被学校推荐学了外语，走上外交的征程，从此我再没见过李老师。

后来得知，李老师在“文革”中吃了很多苦，1979 年 11 月不幸病逝，终年只有 68 岁。每当想起她，我的心情就不能平静。她是我们的老师，也是我们的朋友和母亲。一个伟大而平凡的女性形象永远留在我心中。

（2012 年 8 月 16 日）

中韩互惠共赢二十年

今年是中国与韩国建交二十周年，8 月 24 日建交日当天，中韩最高领导人互致了贺电。习近平副主席还出席了在北京举行的纪念中韩建交二十周年盛大招待会。中韩建交确是一个值得纪念的日子。

中韩建交，历史必然。二十年前，中韩两国顺应国际局势变化，为实现朝鲜半岛的和平与稳定，也为了各自国家的发展和繁荣，毅然结束几十年的对立和隔绝而走到一起。中国从此对朝鲜半岛政策做出重要调整，韩国不顾体制和理念差异与中国携起手来。曾经老死不相往来的中韩关系，掀开了新的一页。

由此，各方之间相互接触和交往的格局初步形成，朝鲜半岛从冷战中摆脱出来。目前，朝美关系、朝日关系以及韩朝关系虽然还遇到一些困难，但总比长期敌对要好许多，且随着国际局势的发展，预计这些关系还会出现新的变化。

中韩两国二十年来互信加深，双边关系取得飞速发展。去年，中韩年度贸易额已达到 2500 亿美元，是建交之初的 50 倍，中国已成为韩国的第一出口对象国，韩国是中国的第三贸易伙伴。中韩之间人员交往更为突出，去年达到 650 万人次，两国各城市间的民航班机每周为 830 个航班，创世界之最。

韩国很多大企业看重中国投资和市场的优越条件。已经在中国许多地区投资上百亿美元的韩国三星集团，其子公司三星电子最近又决定，在中国西安高新区建设存储芯片项目，第一期工程投资达 70 亿美元，为其海外投资最大。中韩建交以来，由于两国经济上的互补性很大，韩国企业对华投资已经突破 400 亿美元，中国成为韩国海外最大投资对象国。

中韩关系的良好发展，不仅有利于各自国家的经济建设，也有利于这个地区局势的缓和与稳定。在国际活动中和六方会谈中，中韩之间都有着较好的合作关系。朝鲜半岛南北几次首脑会谈，为缓和地区局势做出贡献，都得到中国的有力支持。目前东北亚局势处在不稳定之中，中韩关系的顺畅发展更显示出独特的重要性。

中韩建交二十年来，成果累累；展望今后十年、二十年，在现有的基础上，经过双方的共同努力，必将跃上一个新台阶。尽管在双边关系发展过程中，中韩之间遇到一些问题，但相信通过增进理解、加深互信是可以解决的。当前中韩高层交往不断增加，各领域交流合作正在扩展，中韩自贸区谈判已经启动，双方均赋予其积极意义。展望未来，中韩贸易可望登上3000亿美元台阶，人员交往可望突破1000万人次，双边关系会发展得更为紧密，中韩两国正在为此而努力。

（2012年8月26日）

朝鲜的变化

在外界关注朝鲜经济走向的情况下，我最近有机会，时隔多年访问平壤，细心观察，那里确实发生了一些变化，不仅人们的衣着档次有所提高，表情比过去明朗，心态也开放了不少，而且经济方面也出现了一些新气象。

我们参观了一家超市，是中国一位商人和朝鲜一家公司合办的，三层楼房位于一条大街的一侧。走进大厅，就感受到超市的气氛。一楼是大米、蔬菜、肉类等副食品，二楼是服装、鞋帽，三楼出售家用电器，各种商品较为齐全。我们看了一下价格，大体与北京相仿。据说金正日在去世之前，最后视察的就是这家超市。

平壤沿街开了不少餐馆，还在街道两侧设立商亭出售冷饮。我们参观了居民区中一个酒吧，高高的柜台前，放着红色的高脚凳，柜子里摆满包括洋酒在内的各种酒类，打扮入时的小姐正在为顾客准备啤酒，很有几分现代气氛。像这样的酒吧，我们在参观中看到了多家。

在中国和朝鲜合资的企业中，自行车厂是最成功的一家。这个厂原来是一家自行车装配厂，2005 年由天津一家自行车公司投资，与朝鲜合作从中国引进现代化生产线，把装配厂改建为自行车生产企业。该厂每年生产“牡丹牌”自行车 30 万辆，包括城市自行车、山地自行车等 20 多个品种，除国内销售外还部分出口赚取外汇。朝鲜人很喜欢自行车，我们在平壤市周边参观，看到不少人上下班骑车，过去是很少有的。

中朝不久前签署了罗先经济开发区和黄金坪、威化岛经济开发区合作协议，近日又看到威化岛开发区共同开发、共同管理办公大楼举行了奠基仪式，对于中朝经济合作来讲，这也是一种新的经济合作模式。这种模式也十分符合国际发展潮流。

其实，朝鲜早在20世纪70年代就从奥地利等国购买、引进过企业设备，还请该国专家来朝帮助安装，当然之后自行管理。现在朝鲜似乎已开始改变旧模式，尝试新的模式，逐步发生新的变化。

（2012年9月19日）

忆西哈努克

西哈努克太皇辞世，中国失去一位老朋友，令人痛惜。在我的外交生涯中，有幸与西哈努克有过几次接触，往事不禁涌上心头。

那是20世纪70年代初，朗诺发动政变，西哈努克的王位被黜。西哈努克自莫斯科来北京，周恩来总理亲自到机场迎接，并对他说："您仍是国王，我们支持您，不会承认别人。"那之后几年，西哈努克在北京成立了流亡政府，开展活动。当时朝鲜、越南、老挝也支持西哈努克，他举行的每次活动，朝鲜驻华大使都与其他几方代表一起参加，我当时作为翻译随行，有幸多次见到西哈努克。

不能忘记的是，1972年10月31日，是西哈努克50岁生日，周总理考虑周到，决定为他举行寿宴。金日成首相偕夫人应邀专程从平壤赶来北京参加，陪同的是朝鲜人民军总参谋长吴振宇和夫人。寿宴在钓鱼台国宾馆举行，一张大圆桌，周总理居中而坐，西哈努克和夫人坐在他的两侧，金日成和夫人等贵宾依次而坐。记得参加宴会的中方还有郭沫若副委员长和夫人等。周总理首先祝酒，赞扬西哈努克的爱国精神，也赞扬他为中柬关系的发展做出的贡献。随后金日成也祝酒。西哈努克致答词时，感谢周总理，感谢金日成，言语间充满着对中国和朝鲜的情感。因为翻译工作需要，我也有机会参加了这次难忘的寿宴。

更使我不能忘记的是，20世纪80年代后期，我在中国驻朝鲜使馆任政务参赞，有时大使不在就任临时代办，又有机会与西哈努克进行了接触。

朝鲜支持西哈努克，根据金日成指示，在平壤准备了一座专门的别墅，供西哈努克和夫人来平壤长住使用。这座别墅在平壤郊区，庭院很大，花草繁茂。那几年，西哈努克和夫人经常来平壤，受到金日成的款待，一住就是几个月。

我们使馆以大使和夫人名义，曾多次设宴招待西哈努克和夫人来使馆品尝中餐，他每次都兴致勃勃，赞赏不已。记得有一次，我去拜访西哈努克，祝贺他的生日，并带去花篮。他在别墅客厅接见我，他谈吐真挚，待人彬彬有礼，一再感谢中国对他的支持。我们使馆人员还经常应邀参加西哈努克在别墅举办的活动。西哈努克不仅是一位卓越的爱国者和著名的国际活动家，而且他艺术才华横溢，精于作曲和演唱，作为导演和演员还拍了多部电影。每次活动，大都先看他拍的电影，然后听他演唱歌曲，记忆最为深刻的是他作词、作曲的《怀念中国》，几乎他每次都要演唱，而且充满对中国的恋恋之情。有时西哈努克还要打几场羽毛球，由使馆人员与他配对出场，结束比赛还要发奖，气氛特别活跃。

活动结束后会举行舞会，西哈努克和夫人亲自下场，与来宾一起跳舞。我不会跳舞，为了避免尴尬，还专门学了交际舞。西哈努克不仅与夫人共舞，还邀请来宾中的女士一起跳。我是初学，但很荣幸有机会邀请莫尼克夫人，小心翼翼地慢舞。舞会进行到深夜，大家尽兴而归。

这些往事已经过去几十年，但回忆起来仍然历历在目，它将长久地留在我的记忆之中。

（2012 年 10 月 17 日）

不一样的视角

最近我有机会和先生一起去韩国访问，其实我是很想去看看的。1992～1998年在韩国常驻六年，回国后只2002年去过一次，距今已经过去十年。然而我十年后去和十几年前在那里感觉是不同的，说来有趣。

初去韩国，到达首尔，看到高楼大厦，车水马龙，老实说有点眼晕，心中也有点羡慕。那是20世纪90年代初，我国改革开放虽已十几年，北京也有了一些发展，但旧面貌远未完全脱掉。大街上跑的多是老旧的公交车和自行车，市内及周边尚无高速路，有一些过街天桥，但立交桥还很罕见，高楼大厦还是零零落落。首尔商店商品琳琅满目，北京更是无法相比。一句话，北京和首尔不在一个档次上。

2002年那次去是受韩国外务部的邀请，观看世界杯足球比赛。我们先到了济州岛，看了中国队对巴西队的比赛，两队不在一个水平上，中国队一败涂地。之后我们也到首尔停留了两天，会会朋友，走走看看，虽然也赞赏韩国的发展，但惊异的程度远不像以前。

这次隔十年又去韩国，本来也想看看首尔有什么变化，看看那里又有了什么新建筑，但结果有些失望。首尔仍然是高楼林立，车水马龙，也有一些新建筑，但在我的眼中，已经完全没有新鲜感和新奇感，更没有惊异和喜悦。甚至我心中暗想："怎么还不如北京？"

果然如此吗，我不能不进行反思。我们国家这二十年确实大变了样，北京在一些方面确实超过了首尔。曾经是自行车王国的街道，现在已为高级轿车的车流所取代。北京的车辆已突破500万辆，塞车的程度超过了首尔。高速路四通八达，立交桥像一道道彩虹，遍布城区和郊区。当年到处可见的平房，已为鳞次栉比的高楼所代替，豪华酒店和亮丽商厦比比皆是。城市面貌变化更大，道路宽阔，绿草如茵，鲜花盛开，树木成林。北京正在建成一座国际大都市。我对韩国的感受之所以前后不同，可能就是缘于中国的迅速发展。

不过平心而论，我们还有很多方面不如韩国。首先是环境的治理。首尔同样是国际都市，但空气、环境比北京要好得多。在街道散步，不仅楼前楼后管理井井有条，即使走进小巷，也都干净整洁，不见些许垃圾，而我们街道的边边角角，脏乱差十分普遍。国民素质更是无法相比，韩国民众尊老爱幼，礼貌至上，热情待人，随处可见。首尔也塞车，但堵而不乱，而北京有时造成无秩序的拥堵，疏通要费很长时间。

国家发展了，更要看到人家的长处，我们才能不断进步。老城不可能有很多新变化。首尔仍然是当年的首尔，但细心观察，也有不少变化。首尔市政府大楼就是一幢别具一格的新建筑，昔日交通繁杂的大楼前的广场，现在已变成一个绿草茵茵的花园。去首尔飞机降落的仁川机场，围海造田建成，更是十几年前所没有的，它的管理、服务出众，连续几年被评为世界最佳机场。

韩国人也感受到了中国的快速发展，许多熟悉的韩国朋友见到我们常半开玩笑地说："二十年前你们见到我们是毕恭毕敬，而现在是昂首挺胸了。"看一件事物，不同的时间，有不同的情况，也有不同的视角，韩国朋友的话，值得玩味。

（2012 年 11 月 15 日）

天津会友

最近去天津参加研讨会，余暇见到两位老朋友：天津中医院前院长戴锡梦和画家王书平。我和这两位相识，要追溯到 20 世纪 90 年代。

戴锡梦是一位医术高超的女性，已到古稀之年，仍精神矍铄，笑容可掬。大约在 1994 年，我在首尔任职时与她结识。她是访问美国后途经首尔的，见面时她特别向我提出，鉴于中医在韩国有相当影响，她希望我帮助她，招一批韩国学生去天津中医学院学习，以提高他们的医术。我协助她做了这件事，我们也成了朋友。

退休后我去天津曾见过她，还曾参观他们的学院。她的先生也是一位有名的中医，一起热情接待我们。这次相见，她告诉我，她退休后继续做老年保健工作，希望我们有时间去天津查体。

我见到的另一位朋友是王书平，说起来我和他的缘分更深。1989 年夏天，王书平作为中国青年代表团成员去平壤，参加第十三届世界青年联欢节。我当时在使馆工作，记得联欢节期间，我们还请他抽暇到使馆来作画，装饰客厅和宴会厅。那时他不到 40 岁，但已小有名气。

第二次见到王书平是在首尔，那是中韩建交之初的 1993 年，因使馆装饰需要，专门请他来使馆作画。当时北京和首尔之间还没有飞机通航，但中韩建交之前，为了方便两国人民的来往，也为了进一步扩大交流并为建交做准备，天津和首尔之间开辟了包机航班。之所以请他到使馆来，也是因为有这个方便条件。王书平待人热情，不辞辛劳，为使馆客厅、宴会厅绘画了多幅作品，还向使馆个人送了他的画作。

虽然已过去近二十年，但至今我家书房仍挂着他的作品，那是一幅以鹰为中心的国画，一只雄鹰威武地站在一块岩石上，给人豪迈奋进的感觉。这次听王书平介绍方知，他这些年跑遍世界，包括纽约、巴黎、伦敦、东京等地，也去过台湾，在各地举办画展，受到专家和民众的欢迎和好评。特别难忘的是在联合国与秘书长潘基文的亲切会见，他将一幅画作送给潘基文，得到潘基文的称赞。王书平擅长画花草和人物，尤精于画以鹰为题材的作品，笔力磅礴，气势冲天，饱含一种力量感，因之被称为“东方鹰王”。英国大英博物馆、美国宝尔博物馆等都收藏了他的鹰作，永久展出。

分别时，王书平将他的一幅新作送给我，说他还有事，要去见外地来的学生并给他们讲课，说罢匆匆离去。我不好挽留他，看着他的背影，一位快60岁的人，一身休闲打扮，潇洒自然，精力仍然那样充沛，我心中不禁升起几许敬意。

（2012年11月28日）

白菜话今昔

白菜过剩，在北京，不仅菜店出售，大街小巷也能看到农民摆摊儿出售，一棵七八斤的大白菜，只卖 2 块钱，但仍很少有人问津。报纸报道更是具体，说不少白菜卖不出去，已经烂在地里，菜农说明年再也不种白菜了。

白菜生产过剩，令人叹息。回想过去，白菜可是主菜，特别是在北方，大白菜要吃整个冬天。记得小时候，我们家在朝阳门外一条胡同里，住的是平房，每到冬天，就把买来的几十棵白菜，整齐地摆放在屋前的院子里晾晒。遇上下雪刮风，母亲就用破被盖在白菜上。天气晴朗，太阳好，她就又把破被掀开，让白菜透透风，晒一晒。我年纪小，帮助母亲干这些事，珍惜一冬的“看家菜”。

为了让整个冬天有菜吃，母亲最费心思，也不辞劳苦。每次翻腾白菜，都要掉下一些菜帮，母亲就把它归到一起，做成菜馅儿，或包菜团子吃，或包包子吃。有时吃不了，就把剩下的菜帮腌成咸菜，腌好后切成丝，炸点辣椒油拌拌当菜吃。母亲还有一项手艺，就是每年积酸菜，没菜吃的时候，就熬一锅酸菜，放上粉条，家里人也很爱吃。

冬天储存白菜，一直延续到 20 世纪 70 年代。那时母亲已经年老，我们长大成家，买白菜的事就落到我们肩上。那时白菜不是随便买，每户都有定量，按人口决定多少，我们家一般是 80 斤。买白菜要排队，一家一家买，凡是买到的都很高兴，菜卖没了，买不到的只好悻悻离去。女儿那时上小学，专门安排了“劳动课”，平时擦玻璃、打扫卫生，白菜下来时就去郊区农村抱白菜，一天女儿回来弄得浑身都是泥，我们一问才知道。

正回忆往事，突然有人敲门："白菜到了，赶快下楼去拿，每家都有，不要钱！"原来是楼长挨家通知。到楼下看到，白菜已经堆成小山，是夜里用卡车从山东拉来的。我们家分到五棵白菜，每棵都有七八斤重，放在阳台上，多少有点发愁：室内温度高，可怎么保存？平时我们很少吃白菜，多吃茄子、蒜苗、扁豆、黄瓜、西红柿等菜，但这次我们改了章程，连续几天吃白菜馅饺子、丸子熬白菜、醋熘白菜，虽然有点腻味，但总算没有浪费白菜，对得起种菜的农民。我们吃着白菜，也想起了过去的岁月，想起了母亲……

（2012 年 12 月 3 日）

朝鲜发射卫星 半岛风云起

2012年12月1日，朝鲜宇宙空间技术委员会发言人宣布，遵照金正日的遗训，将于本月10～22日之间发射靠自己的力量和技术制造的实用卫星。发言人称，朝鲜科技工作者深入分析了4月发射卫星出现的问题，改进了卫星和运载火箭的安全性和精确性，完成了发射卫星的准备。

消息一出，立即引起国际上的强烈反应。韩国表示“严重关切”，希望阻止；日本首相要求“采取一切可能措施确保公共安全”；美国则称“朝鲜发射卫星是极具挑衅性的行为”，将会危及地区和平与稳定。顷刻，本来近一段时间比较平静的朝鲜半岛局势又骤然紧张起来。

朝鲜这次将发射的卫星，据说是第二颗“光明星3号”，将用“银河3号”运载火箭送上太空。所以选择目前这个时间发射，看来主要是为了纪念金正日逝世一周年。4月15日是金日成百岁诞辰，朝鲜称之为“太阳节”，曾举行隆重纪念活动，其中一项就是发射卫星。在节日前两天，也就是4月13日，朝鲜发射了第一颗“光明星3号”卫星，可惜因技术欠佳，坠海失败。值此12月17日金正日逝世周年临近，朝鲜将会举行隆重的纪念活动，而其中重要的一项就是发射卫星，以制造声势和烘托气氛，并弥补4月发射的失败。

朝鲜选择此时发射卫星，也不无针对韩国大选之意。韩国将于12月19日举行大选，已进入倒计时。在野党候选人和无所属候选人经过几次周折终于联手，安哲秀退出大选，民主统合党文在寅将与执政的新世界党候选人朴槿惠争夺总统，目前正展开频繁拉票活动。

韩国每次大选之前总会吹来“北风”，但这次与以往不同，两名候选人对朝各有“优势”，朴槿惠主张缓和与朝鲜的关系，她曾访问过平壤，会见过金正日，南北关系的松动又始于其父朴正熙任总统期间；另一名候选人文在寅也希望缓和与朝鲜的关系，他曾任前总统卢武铉秘书室长（相当于总统办公厅主任），而卢武铉推行的是南北共荣政策，曾跨越军事分界线前往平壤与金正日会见。这次朝鲜射星无疑会给韩国大选局势带来影响，对候选人也不能不是一个考验。

美、日、韩之所以强烈谴责朝鲜发射卫星，是因为发射卫星必须使用运载火箭，而联合国安理会通过的制裁朝鲜的决议，是禁止朝鲜使用弹道导弹技术发展运载工具的。当然这与美、日、韩担心朝鲜发射的不是卫星而是导弹也紧密相连。因此，日本还向爱国者导弹部队发出命令，做好迎击的准备。

朝鲜发射卫星已箭在弦上，很难改变和阻止。面对复杂局势，中国外交部发言人表示，朝鲜虽有和平利用太空的权利，但它发射卫星又受到联合国安理会决议的限制，呼吁各方冷静对待，勿使局势升级。这既有明确警示朝鲜慎重行事之意，也是呼吁各方不要把事情闹大。中国仍是一贯立场，希望朝鲜半岛局势稳定与缓和，以有利于相关国家的利益。

（2012 年 12 月 5 日）

回看韩国大选

随着韩国大选的临近，我又想起我在韩国直接目睹过的两次大选，一次是1992年12月，另一次是1997年12月。虽然已过去多年，但许多情景仍历历在目，一些事件也很值得玩味。

1992年那次，我刚到韩国，看到汉城(现称“首尔”)大街小巷都贴满巨大的人头像，沿街还挂了很多横幅，不禁有些吃惊。在中国，只有“文革”时有过类似情况。后来才了解到，韩国正在迎接大选，各候选人在制造声势。大选临近更是热闹，高音喇叭车穿街走巷，候选人站在车上，声嘶力竭地呼喊，宣示自己竞选的承诺，争取支持。更有甚者，在外地个别选区，候选人为笼络选票，竟满地撒钱，妻子跪在地上拜票。我从未见过西方式大选，不知道竞选总统要花这么大的力气。

后来慢慢品出，大选是一种政治博弈。当年参加竞选的有金泳三，他本是韩国在野党的知名领袖，为反独裁争民主，进行了几十年不懈奋斗。他曾经绝食15天，反对独裁，震惊世界。他也曾参加过总统竞选，但以失败告终。1992年再次参加竞选，他投靠了执政的民自党，并成为该党的总统候选人，在诸多有利条件下取得了胜利。当年同时参加竞选的还有一位知名企业家，姑隐其名，他办企业几十年确实成功，内外名声大震，但不知为何心血来潮，想过过总统瘾，于是于大选前几个月，匆忙成立政党，并自任该党总统候选人参选。他还不顾古稀之年，冒着严寒，周游全国，游说拉票。虽获得上百万支持票，但他最终没能当选。那次大选还有多人参选，但这两人给我的印象最深。要在政治博弈中出人头地不是那么容易。

1997年那次大选，我不再为车马声势所动，而是更多关心每个候选人的走向。给我印象最深的是金大中的成功。金大中是享誉世界的韩国民主斗士，在长期的斗争中，他曾经被软禁、被监禁、被判死刑、被迫流亡国外，九死一生，但从不低头。他一生四次出马竞选，最早是1971年，与时任总统的朴正熙对垒，不但未能如愿，还遭“车祸”落下终生腿疾。其后又与卢泰愚、金泳三竞选，也遭失败。1997年是他第四次出马竞选，之所以取胜，得益于他的政治谋略。

那次大选，参选者也有多位，但具有实力胜出的只有三人，即执政党大国家党的候选人李会昌、在野的国民会议的金大中和在野的自由民主联合的金钟泌。韩国大选与地域关系十分密切，大国家党的票仓是岭南地区，即庆尚南道和庆尚北道，人口众多，经济发达；国民会议票仓是湖南地区，包括全罗南道和全罗北道，人口相对较少，经济也欠发达；自由民主联合的地盘是忠清南道和忠清北道，经济就更弱，人口也更少。而且李会昌是执政党候选人，举办各种竞选活动具有优势地位，金大中和金钟泌与其无法相比，如果以硬碰硬，显然难以取胜。鉴于这一情况，并吸取前三次失败的教训，金大中决定与金钟泌联手，允诺自己如果当选，将请金钟泌出任国务总理，最终两人达成协议。这实际上是在复杂的政治博弈中为战胜对手的政治交易，但它却起了决定性作用，使金大中终于登上总统宝座。

韩国民众评价历届总统，最感到困难的是朴正熙。在1997年亚洲金融风暴席卷韩国之前，民众多数认为他是“专横者”“独裁者”，评价很低，甚至落到历届总统之末。但亚洲金融风暴之后，民众对他的评价几乎发生180度的变化，认为韩国之所以能在国际经济漩涡中挺住，是因为当年朴正熙领导经济腾飞的功劳，他的排名也一下跃居历届总统之前。今年韩国大选，执政党候选人朴槿惠是朴正熙的女儿，她沉寂多年登上政治舞台，既展示了个人魅力，也不能不承认是顶着父亲的光环。在这场政治博弈中，她能否取胜，我们拭目以待。

（2012年12月6日）

以朝鲜半岛稳定大局为重

朝鲜不顾各国和国际舆论的反对，于12月12日发射了“光明星3号”卫星。中国外交部发言人已表示遗憾，美国、日本、韩国也强烈谴责抗议。

国际上反对朝鲜发射卫星自有道理，主要是为了维护朝鲜半岛和东北亚局势的稳定。朝鲜曾于2006年和2009年进行过两次核试验，遭到国际社会的反对，联合国安理会作出决议，禁止朝鲜进行与导弹发射技术有关的一切活动。国际社会反对朝鲜发射卫星，正是出于这个原因。即使朝鲜发射的是卫星，但送卫星升空的是运载火箭，如果运载火箭能把卫星送上天，用同样的运载火箭也就可以把导弹送上天。国际社会担心的是朝鲜发展核武器，威胁地区的安全与稳定。朝鲜虽同许多国家一样，有和平利用太空的权利，但它作为联合国成员国，应该遵守安理会通过的有关决议。

朝鲜发射卫星，也许可以展示其科技发展水平，对本国人民是一个鼓舞。特别是在金正恩就任一周年之际，对于其巩固政局更可能是有益的。但是我们也不能不看到，发展卫星以至核武器，投入的经费是巨大的，动不动就上百亿美元；而朝鲜当前的重点应该是发展经济，改善人民生活，更多的投入应该用到这里。

如果以为发射卫星或者开发核武器，可以有助于朝鲜问题的解决，那就更是打错算盘。当今世界已经不是依靠武力解决问题的时代，对话和协商才是解决国际争端的唯一出路。

早日恢复朝核六方会谈，是解决朝鲜问题的最好途径。2005年朝核六方会谈所达成的“9·19”共同声明中的目标，是各方都可以接受的。其后会谈长期中断，与朝美之间在一些问题上存有严重分歧有关，也与朝鲜半岛局势不够稳定不无关系。因此，朝鲜半岛局势的稳定，是尽快恢复朝核六方会谈不可缺少的重要条件。

当前，朝鲜已经发射卫星，各方冷静对待至关重要。联合国安理会讨论并通过决议，看来也不可避免。而最重要的是，不要因为失去冷静而使朝鲜半岛局势的紧张轮番升级。中国一贯致力于朝鲜半岛的和平与稳定，今后也还会为此做出努力。

（2012 年 12 月 12 日）

从领导人出行说起

最近，习近平担任总书记后，第一次离开北京到广州、深圳、珠海等地视察，除宣示中国继续走改革开放之路等政治活动外，他的行程、住处、饮食等安排也颇引人注目，特别是他轻车简从，不封路，不清场，住酒店普通套房，吃饭选自助餐，更引起巨大反响。习近平以身作则，带头执行中央八项规定，受到了民众的欢迎和称赞。

其实，领导人也是普通人，只是他们工作岗位不同，责任更大，担子更重。考虑他们的情况，在出行、居住、办公等方面给以照顾，本无可厚非。但是作为领导人，如果因此而忘记自己的责任，无限扩大这种“照顾”，就会本末倒置，失去应有的本色。

这里我想起了周总理。我曾有幸多次给他做过翻译。有几次他在人民大会堂召集开会，直至午夜。这时服务员送来夜宵，每人两个包子，一小碗稀粥，放在每个人前面的小桌子上，周总理也不例外。他和与会者一起，一边吃夜宵，一边开会继续讨论问题，直到后半夜会议结束。我还曾两次跟随周总理前往平壤，向金日成主席通报中美改善关系的情况，每次随行都只有十几个人，下飞机后直赴住所，开始会谈，一刻也不休息。直谈到晚上结束，金日成一再挽留住下，周总理还是当天深夜返回北京。至于周总理外出视察，自己交钱、交粮票吃饭的事，更是多次听说，感人至深。

现领导干部中，也有人做得好，我不说他的名字。他第一时间赶到汶川灾区，而且前后去了十次，还在震中映秀举行了记者会。他每次出国访问，停留时间都是很短，一般都是夜里回来。记得一次他去日本福冈参加中日韩领导人论坛，当天前往，下飞机直接出席会议，结束时已是很晚，但他不肯去酒店休息一下，而是直接乘飞机回国。这种一心为公的精神令人敬佩。

放眼世界，虽有恋位、敛财的领导人，也有一心工作的人士。远的不说，最近据报道，美国国务卿希拉里，任职近四年中，访问了110个国家，在外停留时间360天，在飞机上度过的时间有一个月，行程100万公里，超过了她的几位前任。我们国家的体制不同，也许举这个例子不当，但忘我的精神是不是可以借鉴？

轻车简从之所以受欢迎，我想是不是因为这些年我们不少领导干部没有轻车简从的缘故。动不动就封路，动不动就清场，到哪里都前呼后拥，怎么能接近群众？怎么能取得群众的信任？因此，轻车简从做起来不简单，不痛下决心是做不到的。现在习近平总书记带了个好头，给我们带来了希望。其实，改进领导人的作风，还有很多事可做。比如：不讲空话套话，开会不照本宣科，让人讲真话，不追求所谓的“政绩”，等等。最难的是反腐倡廉，我想这些都会很快提上日程，求得尽快取得实实在在的成果。习近平总书记的实际行动，让我们增强了信心。

（2012年12月17日）

韩国进入“朴槿惠时代”

在韩国大选中，前总统朴正熙的女儿朴槿惠如履薄冰，以微弱的优势战胜强劲对手文在寅，当选为第十八届总统。她将于 2013 年 2 月 25 日就职，实现父亲的遗愿，韩国届时将进入“朴槿惠时代”。朴槿惠还将成为东北亚国家的首位女总统。

朴槿惠这次当选，彰显了她的人格魅力。早年父母双双死于非命，使她度过艰难人生旅程。正是因此，铸就了她的性格，柔弱而不失坚定，孤独而不失热情，文静而不失理智，赢得了人们的同情和尊敬。她还以“三无女人”，即无丈夫、无子女、无家庭，一心为国为民，博得人们的喜爱和信赖。今年 8 月，在新世界党总统候选人竞选中，她就以超过 80％的高票当选，史上前所未有。在竞选游说中，她又以女性的慈爱关照选民，甚至亲自为他们洗脚，也赢得了选民的芳心。

还要看到，竞选承诺得当予其加分。近几年来，韩国受世界经济衰退的影响，民众最关心的是民生改善，这是他们的切肤要求。朴槿惠据此提出“变革”口号，承诺发展经济，增进国民福祉，做“民生总统”，开辟韩国新时代，深得民心。朴正熙曾为韩国经济腾飞做出过贡献，但又因独裁专横而名声不佳，朴槿惠就一些人在其父亲执政期间受迫害一事向选民道歉，求得国民特别是老一辈国民的理解和支持，也为她大选加了不少分。

对朝政策至关重要，朴槿惠软硬适度，赢得人气。近年来，韩朝关系紧张，民怨不少。在韩国大选前夕，朝鲜又发射卫星，影响选情。对此，朴槿惠从容应对，强调在“保证国家安保”的前提下，愿与朝鲜缓和与改善关系,必要时可举行南北高级会谈,既减少了民众的担忧,也对朝作出了有原则的回应。这使朴槿惠在大选中处于有利的地位。

朴槿惠当选的意义,更在于它打破了韩国以男人为主的社会禁锢。在韩国,女性地位低下是长期以来存在的严重问题。朴槿惠多次申明,她要打破男人的统治,开创一个新时期。她还不止一次呼吁,韩国为什么不能出现一位女总统?在父母双亡之后,她沉寂多年登上政治舞台,多次当选国会议员,还曾在大国家党危难之时出任党首,证明了她有这个能力和智慧。民众赞赏她的坚毅刚强,称她为"韩国的撒切尔"。

当然,朴槿惠入主青瓦台,面临的将是不平坦的道路。估计她仍会维持韩美同盟关系,但在一些问题上可能拉开距离;对日本将会执行比较强硬的政策,也不放过改善关系的机会;对朝鲜将改变现政府的强硬立场,只要朝鲜表示意愿,会择机改善南北关系。朴槿惠曾于 2002 年访问平壤,会见过朝鲜领导人金正日,不排除机会成熟时她再次访问平壤。

朴槿惠曾于 2005 年访问中国,会见过胡锦涛主席。她精通中文,曾在我国台湾获中国文化大学名誉文学博士学位,喜读冯友兰的著作,曾说在她最困难的时候,是中国哲学给她带来力量。她不止一次表示,当选后要进一步发展与中国的关系。估计她明年就任后,适当时候可能访华,中韩关系会得到更好的发展。

国际上更为关心朝鲜半岛局势的发展。最近几年,半岛局势持续紧张,引起国际上的关注和不安。改善南北关系,实际上早在 1972 年朴正熙在任总统时就曾提出,南北关系也确实缓和了几年,这对当年随父亲参与国事活动的朴槿惠,不能没有影响;而且这几年韩国现政府对朝鲜政策的不成功,朴槿惠也不会不从中吸取教训。特别是她曾访问平壤,会见过朝鲜的领导人,更加知道朝鲜半岛局势稳定的重要。朝鲜曾公开把希望寄托在这次大选的在野党候选人文在寅身上,但现在朴槿惠当选,历史上朴正熙特使与金日成特使又曾互访过,预计南北关系会逐步得到改善,朝鲜半岛局势也会缓和下来,甚至南北举行峰会的可能也不能排除。

中国寄希望于韩国新领导人，会与韩国增进互信，共同努力，在现有基础上，把中韩关系提升到一个新阶段。中国也会与韩国加强交流与合作，为朝鲜半岛的和平与稳定做出自己的努力。

（2012 年 12 月 20 日）

朝美关系如何走出新路

近日,美国新墨西哥州前州长比尔·理查森和谷歌董事会主席埃里克·施密特访问朝鲜,又引起人们对美朝关系的关心:到底美朝关系要走向何方?

回顾历史,美朝已经互相敌视半个多世纪,不可谓时间不长。1948年8月15日,在美国扶植下,大韩民国成立。不到一个月后,9月9日,朝鲜民主主义人民共和国诞生。朝美敌视由此而生。特别是1950年爆发朝鲜战争,美国动员15个国家参战,与朝鲜交恶三载,更加剧了相互敌视。朝美间失去基本信任已几十年。

朝鲜对美国长期驻军韩国疑虑重重,但并非不愿与美国改善关系。1971年中美关系松动,特别是尼克松总统访华后,朝鲜不止一次向美国释出善意。金日成主席曾会见访问朝鲜的《纽约时报》和《华盛顿邮报》记者,表明与美国改善关系的愿望。朝鲜最高人民会议还致信美国国会,希望建立联系,改善关系,但没得到美国的回应。

中国一直希望并推动朝美改善关系。1973年,经中朝多年努力,联合国大会第一次讨论朝鲜问题,朝鲜派代表团参加。面对复杂形势,中国从中斡旋,大会通过决议,解散干涉朝鲜内政的"联合国统一复兴委员会",但美国从韩国撤军问题没有得到解决。

1977年,卡特总统访问韩国,提议美、韩、朝举行三方会谈,寻求缓和朝鲜半岛紧张局势。本来这是一个好机会,但当时朝鲜因不愿与韩国坐到一起而加以拒绝。其后美国政府换届,三方会谈建议事过境迁。直到20世纪80年代末,朝美之间仍没有任何直接接触和交往,相互处于敌对状况。

1993年3月,朝鲜与国际原子能机构在核查问题上发生分歧,突然宣布退出《核不扩散条约》,朝鲜半岛局势骤然紧张。在此情况下,美国代表不得不与朝鲜代表坐到谈判桌前,开始紧张的谈判。经过半年讨价还价,美朝在同年10月达成核框架协议,包括朝鲜同意将石墨反应堆改为轻水反应堆,美国应允提供有关协助和重油,虽其后双方都没有认真履行协议,但朝美代表第一次坐到一起也可算一个突破。

从20世纪90年代后半期起,美国对朝政策出现了一个转折,即从拒接触的扼杀政策转变为接触中的威慑政策,朝鲜则在大国中利用核牌开始周旋。在此情况下,朝美接触增多,除双方驻联合国代表团接触外,高级人士也有互访,朝鲜实权人物赵明录曾访美,美国国务卿奥尔布赖特曾访朝,一时引起外界关注。进入21世纪以来,美国前总统克林顿、卡特为解救被朝鲜扣押的美国公民也曾访问朝鲜。此外,美国爱乐乐团曾访朝演出,朝鲜官员曾前往华盛顿参加有关研讨会。在没有外交关系的情况下,双方接触的级别和频率也不算少,但朝美关系至今仍停滞不前,未获实质改善。

深入分析,美朝关系不得改善的最大障碍,仍是相互缺乏起码的信任。美国对朝鲜体制本来就存有疑虑,近些年来朝鲜大打核牌,拖延六方会谈,研制、开发核武,又使这种疑虑大为加深。本来改善和发展关系不应以体制如何为前提条件,但美国自恃为主导世界的大国,不允许他国违背自己的意志行事,因此从误区中走不出来。朝鲜则鉴于过去的历史,对美国疑心很重,担心美军留驻韩国再挑起事端。朝鲜加紧研制核武,自以为恃武可捍卫国家安全,殊不知它加重了美国的忧虑,也使朝鲜半岛增加了不稳定因素。

新年之初,曾多次访朝的美国新墨西哥州前州长理查森再次访朝,谷歌董事会主席施密特同行,受到朝鲜方面的友好接待。他们与朝鲜外务省官员举行了会谈,参观了国家图书馆、金日成大学图书馆和国家电子中心,拜谒了金日成和金正日遗容。离开平壤时,理查森称访问"富有成效,十分成功","了解到朝鲜使用手机和互联网的情况"。途径北京时又透露,访朝期间,他们表达了希望朝鲜停止导弹发射和核武开发、善待被朝鲜扣压的美国人和希望朝鲜加强互联网建设的愿望。美国国务院发言人称这次访问"时机不当",他们本人也称是一次"私人访问”,“与政府无关”,但此行无疑对加强美朝之间的相互沟通和理解十分有益。

现在,金正恩就任已一年,政局基本稳定,而且展现出种种融入国际社会的迹象,奥巴马第二任期又即将开始,我们希望朝美能总结过去,在新的一年中双边关系能走出一条新路来。实现朝鲜半岛的和平与稳定是中国、朝鲜、美国的共同愿望,也关系到这一地区乃至亚洲的和平与发展,希望有关国家为此共同努力。

(2013 年 1 月 10 日)

韩国总统就职典礼忆往

还有不到一个月，2 月 25 日，韩国候任总统朴槿惠即将就职，成为韩国第十八任总统，开始履行崇高使命。此时此刻，我不禁回忆起我在出使韩国期间参加过的两次总统就职典礼。

韩国总统就职典礼，均安排在大选次年 2 月 25 日举行，地点在国会议事堂前面的广场。这是否借鉴了美国的做法不得而知。候任总统在当选后，经过两个多月繁忙的政权交接准备，出席典礼，宣誓就职。总统就职典礼除邀请前总统夫妇、国内政界知名人士参加外，还邀请各国驻韩国使节、一些国际名人和当选总统的私人好友，国内各地民众代表也前来参加，总人数达几万人，整个广场人山人海。

我第一次应邀参加的是 1993 年 2 月 25 日举行的金泳三总统的就职典礼。记忆深刻的是，那天雪后初晴，天气十分寒冷。我和各国驻韩使节一起，坐在主席台前面的一个专区，大家虽都穿上了冬装，但仍感到寒气袭人。整个广场，早早地就被民众挤满。临近典礼开始，卢泰愚前总统夫妇、全斗焕前总统夫妇、崔圭夏前总统夫妇和国内外贵宾，陆续出现在主席台上。

上午 10 时整，金泳三和夫人登上主席台，全场欢声雷动。尽管那天酷寒，金泳三还是脱下大衣，庄重地走到台前，举起右手宣誓，之后发表了长篇就职演说。他阐明治国理政方针，突出强调要清正廉洁，铲除腐败，治愈“韩国病”，并誓言他在位期间，决不收取 1 分贿金。出身在野党的金泳三的这番言论，赢得在场上万民众的热情欢迎。

当晚在总统举行的宴会上，我意外地遇到了北京市副市长张百发。

原来那次就职典礼虽没有正式邀请外国贵宾，但总统的个人好友还是受到邀请，张百发就是其中的一位。在中韩建交之前，为了中国体育代表团参加 1986 年汉城亚运会和 1988 年汉城奥运会，张百发曾多次访问韩国，与金泳三相识、结缘。金泳三当选总统，不忘老朋友，也表明他对中国的情谊。

我第二次参加的是 1998 年 2 月 25 日金大中总统的就职典礼。金大中当选总统，最引人注目的是，在韩国真正实现了政权朝野交替。此前的金泳三总统，虽曾是在野党领袖，但最终还是靠投身执政的民自党在大选中取胜。身为在野党领袖的金大中则不然，他曾三次竞选总统失败，但仍毫不灰心，1997 年第四次投入竞选，终战胜执政党强劲对手获得胜利。金大中当选总统打破了韩国执政党连续执政的局面，具有历史意义。

金大中的就职典礼也是在国会议事堂前广场举行，我吸取上次的教训，穿上了厚厚的皮衣，但这天天气晴朗，阳光普照，坐在主席台前的位子上觉得身上有些发热。这次典礼援例也没有邀请外国党政要人，但金大中的老朋友还是来了不少，其中最引人注目的是，身着黄色大衣坐在主席台上的菲律宾前总统阿基诺夫人。她与金大中有着多年的不凡交往，始终支持金大中争民主、反独裁的事业。中国外交学会刘述卿会长也受邀出席典礼，他与金大中的交往始于三年前，当时金大中作为在野党亚太和平财团理事长访华，刘述卿负责接待，安排周到细致，因之也成为金大中的老朋友。

金大中宣誓后发表了就职演说，主要阐明全民动员、恢复发展经济的方针。当年韩国受亚洲金融风暴的冲击，企业倒闭，韩币贬值，国库空虚，经济摇摇欲坠。为此，金大中曾偕夫人参加献金活动，把自己家中藏有的金银首饰献给国家。他在就职演说中号召国民同舟共济，渡过难关。他还提出对朝鲜半岛的“阳光政策”，强调当务之急是南北开展交流与合作，化解疑团，改善关系，为下一步南北统一创造条件。虽是后话，金大中敢为人先，2000 年 6 月访问平壤，会晤金正日委员长，推动南北和解，正是基于他的这一主张。

金大中就职典礼，除韩国多位前总统和政界要人出席外，还有来自全国各地的数万民众，广场人声鼎沸，彩旗迎风招展，气氛隆重热烈。尽管已过去了十五年，但当时的情景仍清晰地浮现在眼前。我据此推想，韩国历史上第一位女总统朴槿惠的就职典礼，必定会更具特色，更隆重热烈。

（2013 年 1 月 26 日）

中国在朝鲜半岛的建设性作用

联合国安理会于 2013 年 1 月 23 日就朝鲜发射卫星一事一致通过 2087 号决议，要求朝鲜遵守安理会有关决议规定，不得再使用弹道导弹技术进行发射。决议同时重申，希望寻求以和平、外交和政治方式解决有关问题，呼吁重启六方会谈。这是经过一个多月艰苦磋商取得的结果，中国在磋商中发挥了建设性作用。

朝鲜问题是历史上形成的，它牵涉有关国家的利益，十分复杂敏感。回顾历史可知，地处东北亚要冲的朝鲜半岛，一旦发生事端，特别是兵戎相见，对各方都会带来十分严重的后果。中国一贯主张朝鲜半岛实现和平稳定，从根本上讲就是这个原因。

为了实现朝鲜半岛和平稳定，中国几十年来做出了不懈的努力。到了 20 世纪 90 年代，朝鲜半岛出现核问题，形势更加复杂。21 世纪初，为了实现朝鲜半岛无核化，中国倡导中国、美国、朝鲜、韩国、日本、俄罗斯举行六方会谈，通过对话和协商解决朝鲜半岛和平稳定问题。这也是中国历来主张通过对话和协商解决国际争端立场的体现。20 世纪末，中国就曾参加中国、美国、朝鲜、韩国关于朝鲜半岛问题的四方会谈。在六方会谈中，中国作为主席国不遗余力尽了自己的责任，同时促使朝美双方接触对话，化解猜忌，增加互信。六方会谈曾取得重要进展，各方就朝鲜半岛无核化问题达成一些原则协议，可惜其后又因各方主张相左而导致会谈中断至今。这使本来脆弱的半岛局势更加不稳定。

当前，维持朝鲜半岛局势稳定，避免发生任何事端，具有十分重要的意义。每当矛盾激化之时，中国呼吁各方冷静对待，不可失去理智，正是出于这一立场。中国对朝鲜研制核武器一贯持反对立场。早在2006年朝鲜进行第一次核试验时,中国外交部就发表声明,指出朝鲜无视国际社会的普遍反对,悍然实施核试验,中国坚决反对。2009年朝鲜进行第二次核试验,中国不仅明确反对,还参与联合国安理会的有关讨论,支持通过决议对朝鲜进行制裁。

中国反对任何一方激化朝鲜半岛局势的立场坚定不移。去年12月朝鲜宣布将发射卫星后,中国外交部发言人就表明,朝鲜有和平利用外空的权利,但它受到联合国安理会有关决议的限制。去年12月12日朝鲜发射卫星后,中国对朝鲜不顾国际社会普遍反对仍实施发射表示遗憾,同时指出安理会的反应要慎重、适度,应有利于维护半岛和平稳定大局,避免局势轮番升级。在安理会磋商中,中国代表本着平衡、适度这个原则,尽了我们的责任和努力。

中国在处理朝鲜半岛问题上一贯以大局为重,国际上有时有人认为中国偏袒某一方,其实这完全是误解。中国需要朝鲜半岛和平稳定,包括朝鲜半岛南北方在内的有关各方也都需要朝鲜半岛和平稳定。失去控制,发生事端,对各方都没有好处,甚至带来严重后果。东北亚乃至亚洲各国,也都希望这一地区局势和平稳定,以利于各自国家的发展繁荣。这就是中国主张早日恢复六方会谈,通过对话协商和外交努力解决朝鲜半岛问题的根本原因所在。这次联合国安理会就朝鲜发射卫星一事通过决议,对朝鲜来说是一个严重的警示,对各方来说是一个冷静平衡的举动,更重要的是,它昭示早日重启六方会谈的重要性,它是解决朝鲜半岛问题、实现和平稳定的有效途径。

(2013年1月24日)

困扰韩国多年的"罗老号"升空

2013年1月30日下午4时(韩国时间),曾困扰韩国多时的"罗老号"火箭,终于在全罗南道罗老航天发射中心成功发射升空,进入预定轨道。韩国由此成为自主研制火箭并成功发射升空的第十个国家。

韩国从2002年开始推进"罗老号"项目,近十年间共投入约5200亿韩元(约合人民币29.8490亿元)。"罗老号"全名为"韩国航天运载器",由两级火箭和一颗卫星组成,因发射场设在罗老地区而得名。"罗老号"于2009年8月和2010年6月分别进行过第一次和第二次发射,但都未能进入正常轨道,以失败告终。去年11月29日,韩国准备第三次发射"罗老号",但因发射16分钟前出现电流故障而不得不推迟。这次"罗老号"的发射成功,终使韩国经过艰难周折跻身国际太空俱乐部。

韩国经过两次失败还一定要冒巨大风险选择此时发射"罗老号",其原因不外乎两个方面。其一是李明博总统还有不到一个月即将卸任,而发射"罗老号"的两次失败都是在他任内,如果他卸任前不能完成此事,难免留下不好名声,而这次发射取得了成功,是他任内的一项"重要政绩"。韩国民众也从此事中得到很大鼓舞和自信。另一个原因则是来自朝鲜的压力,特别是去年12月12日朝鲜发射"光明星3号"成功之后,这种压力明显加大。这次发射成功,无论如何是一个回应。

当然也应该看到,"罗老号"发射升空,是韩国与俄罗斯合作研制的结果。这次发射的"罗老号",一级火箭是俄罗斯所制,二级火箭是韩国所制,成功送上了一颗科学卫星。由于韩国科技水平薄弱,在与俄罗斯的合作中曾出现过不愉快。两国合作合同即将到期,这次是最后一次发射。而朝鲜"光明星3号"的发射,完全是依靠自己的科技力量,外界评称，韩国与朝鲜的航天水平至少相差5～7年。

任何国家都有和平利用太空的权利，韩国和朝鲜也不例外。问题在于，朝鲜于2006年和2009年两次进行核试验，影响了朝鲜半岛和周边地区的和平稳定，联合国安理会据此通过决议予以制裁，禁止其再次进行利用运载火箭技术的发射。1月23日，联合国安理会就去年12月12日朝鲜发射卫星一事通过制裁决议，就是因为朝鲜违背了安理会上述决议的有关规定。而韩国至今是和平利用太空，根据韩美核协定，它仍然依靠美国的核保护伞，甚至连延长导弹射程也要得到美国的同意，情况完全不同。

但是，“罗老号”此时升天，毕竟对朝鲜是一个不小的刺激。近日，朝鲜对联合国安理会通过的制裁决议连续作出强烈反应，并扬言将进行更高水平的核试验，发展核威慑力。朝鲜甚至向全军发布戒严令，核试验箭在弦上。如果朝鲜进行第三次核试验，不仅会加剧朝鲜半岛紧张局势，还可能引发东北亚地区的核军备竞赛，这一地区的和平与稳定将受到严重挫折。中国长期致力于东北亚长治久安，最不愿意出现这种状况，也愿与有关国家一起，为防止局势走向这一方向做出最大努力。

（2013年1月30日）

雾锁京城盼蓝天

我家住在北京南城的一座18层楼的第10层，坐北朝南。每天清晨起床后的第一件事是拉开窗帘向外眺望，已多次失望的我，有一天看到的竟是蓝天和对面楼房的清晰轮廓，且楼房的东面泛着旭日东升的红光，前一夜的雪后大风真的起了作用。“啊！天晴了，看到蓝天了！”我禁不住朝老伴喊着，心里甭提多么高兴。时隔多日，我们又可以去公园散步，呼吸新鲜空气了。

最近十几天来，每天早晨打开窗帘，映入眼帘的都是灰蒙蒙的天空，浓重的雾霾包围了眼前的一切，连对面的楼都看不见了。电视里的主持人说：“近日雾霾严重，北京的空气污染指数接近500，能见度有时不足500米，甚至有的地方不足200米，这种极重度污染会对身体有损害，请老人、孩子尽量不要外出，实在不得已外出的人要戴上口罩。”看着眼前的浓雾，听着主持人的话语，我的心也蒙上了一层灰蒙蒙的情绪，没办法，只好闷在家里，一闷好几天。

这种日子最让我们老年人心烦的是不能外出。天气好的时候，我和老伴每天上午都坚持去附近的公园散步活动，锻炼身体，觉得一天都很舒服。这样做已经坚持了十几年，有时老伴走一圈公园还不能满足男性的运动量，下午还要去走一趟。我们在公园里不光是锻炼身体，还欣赏公园的美景，明亮的湖水，多彩的花草，葱郁的树木，使身心得到愉悦。但在雾锁京城的日子里，我们只好把自己锁在屋内，连窗户都不敢开。几天下来，身体疲软，精神不振，这对喜欢活动的老年人来说实在是苦不堪言。

大雾带来的另一个烦恼，就是京城的蔬菜价格飞涨。因雾霾弥漫半个中国，通往北京的多条公路严重堵塞，蔬菜运不进来，价格当然上涨，1个小西葫芦5元，5个小西红柿8元，1根不大的苦瓜9元，买菜的老太太们都嚷："受不了了！"怎么办？没办法，不能几天不吃菜，只好多掏腰包，增加生活负担。

更让人烦心的是，这种天有急事非外出不可时，要打车就难上加难。大雾中行车速度放慢，许多道路严重拥堵，很多出租车司机一怕费时，二怕耗油，不赚钱反而亏本，干脆就不出车了。本来出租车就不愿意拉老年人，怕老年人在车上犯病，大雾弥漫之后打车就更困难了。没有办法，老年人也只好去挤公交车或地铁，上车下车十分吃力，但也只好硬着头皮去坐。

个人烦恼还是小事，最糟糕的是雾霾损害人的身体，造成严重社会问题。近日北京各大医院呼吸科的病人激增，呛鼻的空气使大人、小孩咳嗽一片，人们戏称为"北京咳"。更可怕的是，近年来，肺癌患者增多，原因当然是多方面的，比如吸烟、二手烟害等，但空气污染恐怕也是重要原因之一。我们的朋友中不时传出谁患了肺癌的消息，平时不抽烟、不喝酒却得了这种病，多半是空气污染惹的祸。

我刚看着蓝天高兴了没两天，雾霾又卷土重来，北京又锁入浓雾中，令人窒息。北京市已提出建设"国际大都市"，中国提出了建设"美丽中国"，口号十分响亮，但现实却是如此的无情。如不加紧治理污染，不限制城市车辆，不改变生产模式，不彻底改善我们的生活环境，我担心我们离美好的目标会越来越远。

（2013年1月30日）

朝鲜半岛无核化不能动摇

据朝鲜官方的朝中社 2013 年 2 月 12 日报道，朝鲜当天成功进行了地下核试验。近来，由于朝鲜进行核试验和美韩举行大规模军事演习，朝鲜半岛呈现复杂紧张态势，引起世界各国的广泛关注，中国也为局势发展而担忧。

朝鲜半岛的和平稳定，历来是中国坚持不懈努力的目标。正是基于这一点，中国坚决主张朝鲜半岛无核化，这一目标不能动摇。

其实，朝鲜半岛无核化最早是 20 世纪 80 年代金日成主席提出的。当时，在纷繁的国际形势下，出于朝鲜半岛和平稳定的考虑，金日成高瞻远瞩，提出了这一主张。1991 年，朝鲜和韩国发表了朝鲜半岛无核化宣言，承诺不试验、不制造、不生产、不拥有核武器。1993 年，朝美达成核框架协议，同意冻结和最终销毁核设施。金日成 1994 年逝世后，朝鲜领导人不止一次郑重申明，“朝鲜半岛无核化是金日成主席的遗训”，朝鲜将为此做出不懈努力。

中国一向支持朝鲜半岛无核化目标，为促成此事，于 2003 年开始在北京主持中、美、朝、韩、俄、日参加的朝核六方会谈。朝鲜应邀与会无疑是为了实现金日成的遗训。六方会谈虽进展不畅，但绝非没有任何成果。参加会谈的六方达成共识，认为举行六方会谈是实现朝鲜半岛无核化的有效途径。2005 年 9 月 19 日，六方会谈发表共同声明阐明，朝鲜承诺放弃核武器和核计划，美国承诺与朝鲜商谈关系正常化问题。六方会谈中断后，朝鲜领导人也不止一次地表示，希望无条件恢复六方会谈。但是，去年以来发生了一些变化，引人注目的是，朝鲜修改宪法，把“拥核”写入其中。不久前朝鲜国防委员会发表声明，更宣称

“9·19协议和六方会谈不复存在”,“以后不会再有讨论朝鲜半岛无核化的对话”,令人不能不感到意外和吃惊。

中国曾多次呼吁各方,共同做出努力,实现朝鲜半岛的和平稳定,防止再发生事端。中国主张朝鲜半岛无核化,也是为了这个目标。

中国与朝鲜半岛相连,如半岛出现核武器,首先受害的是中国的经济建设和人民的安宁生活。中国领导人不止一次表明,朝鲜半岛不管南方还是北方,它们拥有核武器,我们都坚决反对。朝鲜 2006 年进行第一次核试验时,中国就清楚地阐明了上述立场。朝鲜的核试验场就在我们的身边,据说离中国边境只有 100 多公里甚至更近,核试验损害中国的安宁是不言而喻的。我们不愿看到朝鲜半岛出事,使中国利益受损。

中国是负责任的大国,考虑朝鲜半岛局势也不是仅仅着眼自己的利益。朝鲜半岛在东北亚具有重要地位,如果朝鲜拥有了核武器,将导致核军备竞赛不可避免,这一地区就不会再有和平与安宁。而朝鲜半岛局势紧张,必然给周边国家乃至亚洲的繁荣发展带来严重损害。因此,实现朝鲜半岛无核化,是亚洲以至世界各国的共同愿望,符合各国人民的利益。

解决国际争端,还是要回到谈判桌上来,通过对话协商和外交努力,寻求各方都能接受的办法。中国主张朝鲜半岛无核化坚定不移,也希望有关国家不失理智,共同努力,实现这一长治久安的目标。

(2013 年 2 月 13 日)

忆外交前辈凌青

外交前辈凌青辞世前出版了《从延安到联合国》一书，回忆他的外交生涯，我获知较晚，不久前向他夫人张联索来，一读竟不想放下。现在市面上外交回忆录之类的著作不少，作者多从幼年写起，直写到晚年退休，凌青的著作当然也不例外，但该书平铺直叙，不事夸张，文字洗练，内容翔实，读来所获甚多，不仅增加了知识，而且还开阔了眼界。

我是晚辈，与凌青接触不多，但早闻其名。凌青是民族英雄林则徐的后代，他的曾祖父是林则徐的第三个儿子，父亲是清朝末年的翰林，又负笈大洋彼岸，做清末留美学生的督学。在风雨飘摇的年代，他们兄弟姐妹六人中有五人相继走上革命道路。凌青原名林墨卿，参加革命后改为现名。凌青在回忆父亲时说，他熟读"四书五经"，能写一手好文章，中文根底很深。他在美国的时间很长，受到西方文化的影响。"要把中文学好，也要把英文学好"，可以说是父亲留下的遗嘱。对于凌青外交前辈，我心中一直充满崇敬之情。

我终于有了和凌青接触的机会。1973 年，经过中朝双方多年努力，朝鲜问题第一次列入联合国大会议程，我被紧急派往纽约参加工作。那年 9 月中旬，我们一行十几人，在副团长凌青的率领下乘飞机离开北京。那是我第一次与凌青近距离接触，他身材不高，仪表整洁，待人谦和。当时我对临时去联合国工作心中无底，担心完不成任务，凌青看出几分，一路上向我介绍了联合国的情况，让我不要畏惧，勇于工作，给我很大鼓励，至今难忘。

那年联合国讨论朝鲜问题，形势复杂微妙。一开始主持这项工作的是中国代表团团长、外交部副部长乔冠华，后来乔冠华回国，就由中国常驻联合国代表黄华大使主持，但每次与朝鲜代表团商谈凌青几乎都参加。准备讲话稿和材料，他也亲自指导。有几次联合国第一委员会讨论朝鲜问题，凌青还作为中国代表参加。后来才知道，他之所以那样熟悉朝鲜问题，是因为20世纪50年代初朝鲜战争期间，他曾参与中国人民志愿军停战谈判代表团工作，有着深厚的历史积淀，这是让我十分佩服的。

凌青一生从事外交工作，曾在外交部和中国驻外使馆任职，学识、经验十分丰富。凌青参加外事工作，始于20世纪40年代延安外事组，由周恩来副主席领导。他还曾经为毛主席做过英文翻译。新中国成立后，他进入外交部，先后在美澳司、国际条法司和中国驻罗马尼亚、印度尼西亚大使馆任职，1975年出任中国驻委内瑞拉首任大使，1980年出任中国常驻联合国代表、特命全权大使。应朝鲜政府的邀请，他还以中国常驻联合国代表的身份访问了朝鲜，旧地重游，感慨万千，还受到金日成主席的接见。凌青既熟悉双边外交，也熟悉多边外交；既熟悉国际条约法律，也熟悉重大国际会议事务，曾代表中国参加柬埔寨问题、海洋法等国际会议。他是一位不可多得的既有深厚中文功底又精通英文的资深外交官。

凑巧的是，20世纪90年代初，我和凌青的夫人张联在外交部亚洲司一个办公室面对面工作，她作为副司长，主管南亚方向，我主管东北亚方向。闲谈中，我还能从她那里听到凌青的一些消息。凌青退休后仍继续工作，担任了福建省政协副主席，经常往来于北京与福州之间。关于他和张联的姻缘，书中有一段有趣的描述：1954年"从板门店回来以后，我已过'而立之年'，尚未成家。很多好心的朋友都很关心。这时，恰好遇到满洲里外事处的张联。……张联才貌双全，而且很有事业心。我呢，相貌和体形远不是一个'帅哥'，但有一个优点，即我是一个年轻的老干部，有一定的文化水平，方过三十，已有十几年的党龄，这很符合那个时代多数女同志选择爱人的要求。……我的综合评比分数，大概是中等偏优，否则，我是很难博得她的芳心的"。看了这段描写，完全改变了我心中凌青严肃甚至古板的形象。经过自己的努力，张联于1991年出任中国驻斯里兰卡兼马尔代夫大使，她和凌青是中国最早的"伉俪大使"。

《从延安到联合国》一书由国务院前副总理兼外交部长黄华，中国前驻美国大使、前外交部长李肇星和中国前驻美国大使李道豫分别作序出版。李肇星在序中写道："八十四岁的凌青仍能从容地用英文写作与交谈，他的中文造诣在当年外交部国际司更是首屈一指……凌青是'德艺双馨'的外交官。"此言极是，本文对于凌青的丰富外交生涯而言显然挂一漏万，但我相信，中国外交官不会忘记这位外交前辈，也会从他的多彩外交人生中汲取无尽的营养滋补自己。

（2013 年 2 月 15 日）

朴槿惠就任面临诸多挑战

2013 年 2 月 25 日零时，首尔普信阁敲钟，韩国当选总统朴槿惠从此刻起，开始行使第十八任总统权力。当天上午，朴槿惠在首尔韩国国会议事堂前广场举行总统就职仪式，宣誓就职并发表就职演说。澳大利亚总督、泰国总理等贵宾和中国、美国、日本、俄罗斯政府特使出席仪式，包括前总统李明博、金泳三、全斗焕在内的韩国政要和各界代表共 7 万人参加，其中普通民众 3 万余人，仪式隆重而热烈。

朴槿惠就职演说朴实无华，提出任期目标为，通过经济振兴、国民幸福、文化兴隆，开辟“国民幸福和希望的新时代”。她强调新一届政府要努力创造就业岗位，扩大社会福利，加强国家安全。她重申，要寻求全民团结，有效缩小两极分化，减少社会矛盾，以打造与民沟通、为民服务的政府。此间舆论期待，作为韩国历史上的首位女总统，希望朴槿惠在今后五年，把韩国发展成为受世界尊重的模范国家。

但是，我们也看到，朴槿惠在内外严峻形势下就职，面临着诸多挑战，要履行好总统使命，决非轻而易举。

首先，要恢复和发展韩国经济，这是一项十分繁重的任务。2007 年，韩国人均国民生产总值首次突破 2 万美元，但 2008 年国际金融危机爆发后，韩国经济大幅下滑，到 2010 年，韩国人均国民生产总值才恢复到 2 万美元。这几年仍然在这一水平徘徊，没有找到新的经济增长点。而要改变这一情况谈何容易。朴槿惠针对物价上涨、国民生活下降、幸福感减少，提出了要做“民生总统”，开辟“幸福新时代”，受到欢迎。她在就职演说中提到将发展生产、增加就业岗位时，年轻人热烈鼓掌；强调将注重国民福祉、增加国民福利时，老年人又热烈鼓掌欢迎。

20 世纪 70 年代韩国经济高速发展被世人称为“汉江奇迹”，这次朴槿惠在就职演说中又提出创造“第二汉江奇迹”的目标，看来任务艰巨，任重道远。

其次，在对外方面，要改善和发展与美国、日本的关系也不轻松。韩国由于历史的原因，历来对外以韩美关系为轴心，但李明博政府过于亲美，也带来国民的不满。朴槿惠不会改变韩国历来的外交方针，已宣布今年上半年第一次出访将去美国，但如何调整与美国的关系，仍是一个艰难而微妙的课题。韩国与日本的关系如何改善，就更加艰巨。去年，李明博作为总统首次登上独岛，使本来因历史问题、慰安妇问题、教科书问题而不和的韩日关系进一步加剧。这次朴槿惠就职仪式，日本首相安倍曾有意参加，但韩方以不邀请国宾为由拒绝。朴槿惠年初会见日本特使时明确表示，希望日本正确对待历史问题。就在这次就职仪式之前两天，日本方面举行“竹岛日”活动，并派遣政府政务次官参加，韩国方面十分恼火，提出交涉和抗议。日本方面在最后时刻决定派麻生副首相出席就职仪式，不过是一种弥补和挽救之举，难有什么结果。

最后，最大的难题是如何改善与朝鲜的关系。近两年来，韩朝关系持续紧张，接触和来往完全中断。继 2012 年 12 月朝鲜发射卫星引起国际风波后，2013 年 2 月 12 日，朝鲜又进行了第三次核试验，不仅遭到国际社会的反对，也给朴槿惠就职造成很大冲击。朴槿惠多次表示坚决反对朝鲜拥核，这次在就职演说中着重提及朝鲜核试验导致的安全危机，并强调将从“国民安全”角度强烈予以应对。朴槿惠还警告说，核试验是对民族生存和未来发展的挑战，希望朝鲜尽快弃核，走和平发展的道路。她还倡议推进“朝鲜半岛信任进程”，说只有韩朝恢复信任才能取得进展，随着安全环境的变化，韩国将寻找对话渠道。朴槿惠希望在坚持保证国家安保原则的同时，与朝鲜开展交流与合作，向朝鲜提供人道主义援助，这条展现灵活性的道路能否走通，不能不是一个巨大的考验。

当然，如何推进韩中关系发展，也是朴槿惠面临的一个课题。朴槿惠很重视对中关系，2013 年 1 月 10 日，她会见了中国政府特使，之后于当月下旬最早向中国派出使节团，得到习近平总书记的会见。早在

2005年，她还曾访问中国，会见了胡锦涛主席。这次，朴槿惠在就职的繁忙日程中，又会见了前往参加她的就职仪式的胡锦涛主席和习近平总书记的特别代表刘延东，表示将推动韩中关系更上一层楼。朴槿惠通晓中文，还不止一次谈到冯友兰的哲学著作帮助她度过生活中的困难时期。她被视为中国的“老朋友”，表示上半年将择机访华。我们有理由期待中韩关系会在现有基础上取得新的发展。

（2013年2月25日）

金正恩看球或弦外有音

正当朝美关系因朝鲜核试紧张之际，朝鲜出人意料地邀请美国NBA前球星丹尼斯·罗德曼率篮球代表团访朝，引起外界关注。更出人意料的是，朝鲜最高领导人金正恩竟与罗德曼并肩而坐，观看朝美混合组成的红白两队比赛，其间有说有笑。虽说此项活动禁止外国记者参加，但邀请了外国驻朝鲜使节和国际机构代表参加，毫无遮掩，凸显了金正恩的个人性格，也引起外界的不少猜测：朝鲜是不是在搞“篮球外交”？

联合国安理会目前尚在讨论对朝鲜不久前违反联合国决议进行第三次核试如何制裁的问题，美日坚决主张加重制裁，而中俄力主需要慎重，至今没有取得一致。此时此刻朝鲜的这一出乎意料的行动，显示了朝鲜不仅有强硬的一面，也有灵活开放的一面，对安理会的讨论或许是一个“搅局”。

朝美民间来往开始于20世纪70年代，打破了双方的僵死关系。当时美国《纽约时报》和《华盛顿邮报》副主编应邀访问朝鲜，曾获金日成的接见。那是在中美关系松动影响下的一个举动，金日成接见也是很正式的安排，显示了领导人的庄重和威严，而这次金正恩在轻松随意的气氛中看球与当时的情况则完全不同。那之后朝美之间几乎没有什么民间来往。

但是，到20世纪90年代，朝美开始民间交往，进入21世纪后这种交往就多了一些。高层人士，如美国前总统卡特、克林顿，还有前州长理查德，都作为卸任者访问过朝鲜，为朝美关系通过非正式渠道进行沟通或解决一时的突发问题。体育、文化等民间交流也时有出现，如朝鲜跆拳道代表团就曾于2007年和2011年两次访问了美国。2008年年初，纽约爱乐乐团访问平壤演出，虽只停留了48小时，公演了一场，但却轰动一时，也曾引起国际舆论关注。不过当时的朝鲜最高领导人金正日并没有观看，而这次就不一样。

金正恩看球，使人想起去年5月平壤绫罗岛人民游乐园竣工仪式，金正恩当时出席这一活动，还与应邀参加的各国驻朝鲜使节一起坐过山车，中国大使与他并坐同乘，英国外交官就坐在他的后边。据说金正恩是个“篮球迷”，特别是美国公牛队的“粉丝”，这次他带着夫人李雪主不仅饶有兴趣地看了比赛，而且还把罗德曼一行请到他的豪华官邸，设晚宴招待。网上还看到他与罗德曼拥抱的照片。金正恩个性使然，但也是一次精心的安排。

朝鲜与美国的接触有多个渠道，除曾经活络一时的六方会谈外，在纽约联合国总部，双方代表之间也有来往，而且有时出人意料地达成某些协议，这应该说是官方渠道。体育、文化方面的交流，像NBA球队访朝，则纯属民间来往。2008年纽约爱乐乐团访朝效果不错，这次NBA篮球队访朝效果更为明显，罗德曼说他与金正恩“一见如故”，是金正恩的第一个美国朋友，还邀请金正恩访问美国。

当然，双方都强调这次访问的民间性质，美国国务院称，篮球队访朝“与政府无关”，罗德曼“不能代表美国”，美国的对朝政策仍是要朝鲜停止核试验和导弹发射，回归国际社会。

至于是否“篮球外交”，笔者认为不能与当年的“乒乓外交”相比，因为历史条件是不同的，但民间来往作为另一个渠道，可以疏通国与国之间的关系，有时能起到重要作用，则是不应被忽视的。

（2013年3月2日）

傅莹让人眼前一亮
——接触中的几点印象

在全国人大召开前一天，人大新发言人傅莹女士在新闻发布会上第一次露面，她是人大的第七位发言人，也是第一位女性发言人。这天，她身着蓝宝石色套装，戴着黑玛瑙项链，与满头银发交相辉映，庄重而典雅。除介绍人大议程外，她还回答了八个提问，始终面带微笑，沉稳应对，娓娓道来，获得新闻媒体的广泛好评。

大约一个月前，副外长傅莹为外交部亚洲司退休人员吹风，介绍分析国际形势，之后说了一句，这次吹风也许是最后一次，她可能要调到全国人大去工作。我们听后有几分吃惊，因为她作为副外长主管亚洲地区工作才一年多，但我们也知道，如果工作需要也留不住她。

我认识傅莹是二十多年前，那时她刚从外交部翻译室转到亚洲司来，任主管东南亚处副处长，只有 30 多岁。我是主管东北亚的副司长，与她接触不多，但印象深刻的是，她办事稳重，话音不高，打扮朴素而时尚。她是在北京外国语大学学的英文，之后又到英国进修，英语水平出众，曾为邓小平、江泽民、杨尚昆等领导人做过翻译。来亚洲司后，正赶上外交部领导参加双边谈判和国际会议的一个高潮，她多陪同出席，不仅作翻译，而且还能对一些问题出点子，每次都出色地完成了任务。

傅莹外语好，业务能力强，进步很快，1996 年她已经升任亚洲司处长、参赞，1997 年出任中国驻印度尼西亚大使馆公使衔参赞，两年后被任命为中国驻菲律宾大使。2000 年，傅莹被调回外交部，出任亚洲司司长，直到 2003 年。这期间，她主管中国与亚洲十几个国家的事务，虽然上面还有部领导，但大小事情都要司里拿主意，因此她十分忙碌，经常加班加点，工作到深夜才回家。在此期间，由中国主持的朝核六方会谈也开始在北京举行，当时还没有主管六方会谈的单独机制，虽然会谈时副外长出面主持，但会谈方案和具体安排都是由傅莹来抓总，这就使得她忙得更是不可开交。一次她回忆说，当时忙得昏头昏脑，日子不知道怎么过的。

2003年，傅莹走上新的工作岗位，被任命为中国驻澳大利亚大使，三年后又被任命为中国驻英国大使。从主管熟悉的亚洲走向陌生的大洋洲和欧洲，这对外交官来讲是一件极不轻松的事，要熟悉那个国家的国情，熟悉那个国家的历史，熟悉各界人物，甚至要熟悉风土人情，谈何容易。特别是在她任中国驻英国大使期间，北京办奥运会，火炬在境外传递，英国当局借藏独分子活动为伦敦传递制造困难，使中英之间发生了不小的摩擦。面对这一复杂情况，傅莹冷静沉着，多次通过英国报纸和电视，巧妙、智慧地转达来自中国的声音，争取了民心，化解了矛盾，她因此获得“危机大使”的荣誉。记得当时很多媒体十分钦佩她的外交艺术，甚至说中国需要更多的傅莹。

傅莹平时工作繁忙，但她对人很关心，能抽出时间，耐心地开导遇到困难的人。她任外交部亚洲司司长期间，每年年终都邀请退休干部来司里，亲自为他们介绍周边和国际形势，形成惯例，从未遗忘，而且有可能年中还增加一次。开头我已讲到，她任副部长后，仍坚持这一做法。她的心里装着每一位干部。

傅莹现已年满60岁，曾在多个国家工作过，精于外交业务。在这次新闻发布会上，谈到中国的外交，她介绍了中国的成长之路，侃侃而谈，意味深长，并劝外界不要用“国强必霸”来看待中国的发展。谈到敏感的钓鱼岛问题，她干脆脱开稿子，很有信心，阐述了中国的原则立场。但对于经济、财政、军事等深层次问题，她却知之有限，为了准备这次新闻发布会，她的先生透露，她最近十几天来一直睡得很晚，用功“备课”。她的前任发言人李肇星评价她的第一次新闻发布会说：“她是一位优秀的外交官。”我想，傅莹以她的能力、才华和女性魅力，足以成为一位优秀的发言人。

（2013年3月5日）

杨洁篪妙语连珠

——听外长记者会散记

2013年3月9日上午，杨洁篪外交部长举行记者会，回答中外记者的13个提问，畅谈中国外交，用词简洁，妙语连珠。这是他在人大期间的第六次记者会，主持人特别介绍说，他是出席记者会最多的一位部长，向他表示感谢和敬意。当天，有300多名中外记者提前几个小时到人民大会堂金色大厅等候。

杨洁篪开场白只有几句话，接着马上回答记者的提问，显然贯彻了中央“说短话，说实话”的精神。记者提问几乎涉及中国外交的各个方面，杨洁篪作了精辟简洁的回答，历时1小时35分钟。

关于中国和大国的关系，杨洁篪首次透露，中国新任国家主席将访问俄罗斯和一些非洲国家，加强与这些国家的关系。关于中美关系，他说，中国欢迎美国在亚太事务中发挥建设性作用，同时美国也应尊重中国的利益和关切。他强调，时代在前进，我们应该超越意识形态的不同，也应摒弃陈旧过时的观念，切实尊重照顾彼此的核心利益和重大关切。

杨洁篪在回答提问中也涉及敏感问题，关于钓鱼岛问题，他说，钓鱼岛及其附近岛屿自古以来是中国的领土，钓鱼岛问题产生的根源是日本对中国领土的非法窃取和占据。日本应正视现实，切实纠正错误，同中国一道，通过对话和磋商，妥善处理和解决有关问题，防止事态升级失控。

朝鲜半岛局势最近引起国际的关注，杨洁篪在回答韩国联合通讯社记者的提问时谈了他的看法。他说，朝鲜进行第三次核试验，半岛局势再次紧张，这是中国不愿意看到的。安理会通过第2094号决议，表明了国际社会反对核试验的立场，同时呼吁通过对话和谈判解决朝鲜半岛核问题。他特别强调，制裁不是安理会行动的目的，也不是解决问题的根本办法。只有通过对话全面均衡地解决各方的关切，才是解决问题的唯一途径。

看着这位侃侃而谈的杨洁篪外长，我的思绪飞到二十多年前。那时我在参加外交部一次内部会议上第一次见到杨洁篪，虽然早就听说过他的名字，尤其听说他的英文很好。当时他任外交部美洲大洋洲司副司长，只有38岁，是与会者中最年轻的。但讨论问题时，他的发言条理清晰，分析透彻，给我留下很深印象。那之后我与他还有过几次交往，后来我出使韩国，他到中国驻美国大使馆担任公使，就再没见过面。

杨洁篪能力出众，晋升很快，1995年任外交部部长助理，1998年任外交部副部长，2000年出任中国驻美国大使，2004年调回继续任外交部副部长，2007年任外交部部长。我退休后，一天去外交部开会，因为还有时间，就在院子里散步，突然一辆黑色轿车停在我的身边，下来的竟是杨洁篪。“你好！”他主动伸出手来。仓促中我脱口而出：“还记得我？”“当然，老朋友。”他说，并问候我的身体，很是关心。一件小事，我常常记在心头。

没想到，那之后我与杨洁篪见面的机会就更多了一些，了解到他除精于外交业务外，还是一位很有生活情趣的人。大概是2007年春天，解放军军乐团应邀到外交部演出，演奏结束后，指挥多次鞠躬谢幕，这时不知是谁提议，请台下推选一人上台指挥乐团演奏，时任外长的李肇星提议请杨洁篪副外长上台。杨洁篪没有犹疑，上台接过指挥棒，有板有眼地指挥起来，一曲过后又演奏一曲，全场响起热烈掌声。他就像一位专业指挥一样，我心中不禁佩服他的音乐才气。

后来我有了更进一步的了解。外交部老干局所属京剧协会，是一个退休人员自娱自乐的社团，没想到杨洁篪竟是这个协会的会长。他还不是就挂个名，而是真正参加活动，一年中一次到两次的联欢会，他都要登台演唱。记得一次他前一天刚从国外访问归来，第二天还是来到联欢会现场，并和一位京剧名家演唱了一段现代戏。演唱后，他对大家说：“现买现卖，是来的路上学的。”之后他又风趣补充了一句：“我对京剧的爱好不亚于外交。”全场响起笑声。杨洁篪不仅爱好京剧，而且他生长在上海，还酷爱评弹，也可演唱几曲。

杨洁篪作为外长，掌管着中国的外事，一年中出访或陪同出访几十个国家，工作十分繁忙。但他又是一位兴趣广泛、很懂得享受生活的人。在这次记者会上，他说：“我自小很喜欢下棋，无论围棋还是象棋，但下棋最重要的是要有全局观念，外交也是这样。”他说得很平常，但又富有深奥哲理。这次两会后，杨洁篪可能要走上更重要的工作岗位，我预祝并且相信他会取得更大的成功。

（2013 年 3 月 10 日）

王毅外长任重道远

王毅出任外长，意料之中，众望所归。五年前，他调任国台办主任时，我不止一次听到有人惋惜地说："外交部缺少了一位外长人选。"现在他又回来了，当然大家感到欣喜。

我三十多年前认识王毅，虽然接触不是很多，但断断续续没有停止。他确是外交圈的一位佼佼者，也是靠实力取得成功的人。

1982 年，我在外交部亚洲司任副处长，王毅是亚洲司科员，刚刚入部工作，主管对日本事务。他虽年轻，但善于学习、思考，偶有开会听他发言，条理分明，分析有相当深度。

王毅勤奋刻苦，进步很快，不久便当了副处长、处长。他的日语是在第二外国语学院学的，通过工作，日语水准不断提高，一次我看见他在医院候诊的空隙还在背日语单词。后来他争取到一个机会去美国进修英语，现在可以自由地与外宾交谈。我们有时一起出差去外地，很多人上飞机后聊天、休息，但他抓紧时间，安安静静地看书，特别是历史书，可能因"文革"关系，在学校时这方面学得不多，现在抓紧时间为自己充电。1990 年，他入部还不到十年，就出任中国驻日本大使馆参赞，我出差去日本，他向我们介绍日本情况，不仅内容翔实，而且有独到的看法。

1996 年，我在出使韩国期间曾到东京参加外交片会，研究东北亚局势。王毅时任亚洲司司长，协助主管副外长唐家璇主持这次会议。会上他的发言分析深入，见解独到。每天会议之后，他还要工作到很晚，为次日做准备。这次片会的总结，也是他参与执笔写就。王毅在工作中还有创新，一般说陪同领导人出访，总结报告都是回国后再写，但王毅当司长期间，访问过程中他就开始酝酿总结，访问结束当天总结报告草稿就会写成。

1999 年王毅升任外交部部长助理，2001 年就升任外交部副部长，当时他只有 48 岁，是副部长中最年轻的一位。2004 年，王毅被任命为中国驻日本特命全权大使，而当时由于日本首相小泉多次参拜供奉有二战甲级战犯牌位的靖国神社，中日关系正处于冷淡时期，可以说他是临危受命。王毅上任为自己立下的军令状是：恪尽职守，报国为民，开拓进取，不辱使命。在任期间，他发挥了解日本国情、知晓日本礼仪、结交各界朋友的优势，提出“以民促官”，带领全馆大力开展民间外交。他几乎每周都外出讲演，会见各界朋友，直接用日语交谈，完美地表达自己的认识和见地。安倍首相 2006 年上任后即访华，王毅起了很重要的推动作用。

王毅对年长者十分关心，早在 1991 年，我在访问日本期间，有急事要与家里联系，当时不像现在使馆装有直通电话，馆员可自由利用它与家人通话，而是要通过国际电话转接通到家里，记得时任使馆参赞的王毅热情地给了我很大帮助。王毅担任副外长期间，主管亚洲地区和政研司工作，十分繁忙，每天深夜回家，但每次亚洲司退休干部聚会，他都抽时间参加，给大家讲国际形势和我国的外交政策，受到与会者的好评。

2008 年王毅出任国台办主任后，我再没有机会见到他。这几年两岸关系发展很好，我想其中也有他的一份功劳。被任命为外长的当天晚上，王毅与在京的台湾人士餐叙告别，他动情地说，他高兴的是这几年两岸关系风平浪静，遗憾的是他还没有机会去台湾看看。不过，王毅新的担子也不轻，除全面掌管对外关系外，如何发展与俄罗斯的战略伙伴关系，如何与美国建立新型的大国关系，如何改善陷入低谷的中日关系，如何维护朝鲜半岛和南海的和平稳定，都是摆在他面前的紧迫问题。王毅今年 60 岁，相对年轻，精力充沛，思维敏捷，才智过人，他走到今天绝非偶然，今后则是任重道远，相信他会出色工作，不辱使命。

（2013 年 3 月 20 日）

中国外交日臻成熟

国家主席习近平已成功结束对俄罗斯的访问，转赴坦桑尼亚。这是习近平担任国家主席后的首次外访，偕夫人彭丽媛同行，引起各国和世界媒体的高度关注。本文不拟论及这次访问的重要性，而是打算从另一个角度，即从元首首访看国际形势的变迁和与时俱进的中国外交。

新中国成立已六十多年，但早期毛主席和周总理出国访问很少。毛主席一生出国两次，都是去苏联，一次是 1949 年，一次是 1957 年。当时新中国刚成立不久，与社会主义苏联的关系最为密切，毛主席去苏联访问是自然的事。周总理除参加日内瓦会议和万隆会议外，1958 年访问了朝鲜，1963 年访问了非洲十国。刘少奇作为国家主席，1960 年访问了印尼、缅甸、越南，1963 年访问了朝鲜等国。这些访问无疑扩大了中国的影响，但也可以看出，中国外交活动的范围还是比较狭小的。

从 20 世纪 60 年代中期起，中国可以说对外失去了首脑外交。先是与“苏修”论战，中苏关系极度恶化，原在华苏联专家撤走，各方面的来往几近中断。后来发生“文革”，国家进入艰难时期，经济到了崩溃边缘，除与社会主义国家朝、越、古、罗维持正常来往外，与其他国家的来往几乎中断。这一时期，中国自己的事情还忙不过来，领导人哪有时间出访。

1976 年粉碎“四人帮”之后，中国外交逐步恢复了活力。1978 年 5 月，华国锋作为党中央主席，首次出访选择了朝鲜；邓小平也于同年 9 月访问朝鲜，参加朝鲜国庆三十周年活动。当时中朝关系处于高潮，金日成除 1975 年 4 月正式访华外，还多次对中国进行了非正式访问。

这一时期，中苏关系一直处于冷战状态，柯西金总理途经北京与周总理会谈，被安排在首都机场。中美关系虽有松动、改善，但到1979年才正式建交，这样国家元首和重要领导人出访，也只能在社会主义国家和周边有限的国家中选择。

从20世纪80年代起，中国进入改革开放年代，与各国的交往不断增多，合作领域不断拓宽，在此情况下元首外访才进入新阶段。1989年江泽民任总书记后，1990年3月首次出访去朝鲜，这还是沿用了老的惯例。江泽民1993年任国家主席，11月首次出访就去美国西雅图，参加亚太经济合作组织领导人非正式会议并与克林顿总统会晤。1998年3月，江泽民再次当选国家主席，7月首次出访去哈萨克斯坦，出席在阿拉木图举行的中、哈、吉、俄、塔五国元首会晤。

2003年3月，胡锦涛当选国家主席，首次出访去俄罗斯、哈萨克斯坦和蒙古。2008年3月，胡锦涛再次当选国家主席后，首次出访去了日本，这是时隔十年中国国家元首首次访问日本，为的是改变当时处于低潮的中日关系，被媒体称为“暖春之旅”。随着中国经济的发展，国力的增强，国际影响的扩大，元首首次出访国家的选择余地大为拓宽。

这次习近平担任国家主席后首次出访选择了俄罗斯和非洲三国，是中国外交在国际形势变迁中与时俱进的结果，也是中国外交日臻成熟的体现。中俄关系近二十多年来全面发展，显示出在国际上的重要地位。习近平访问不仅可以展现中俄关系的世界意义，而且将把双边战略合作关系提升到一个新的阶段。习近平这次访坦桑尼亚、刚果和南非并出席金砖国家第五次元首会晤，将会使中坦、中刚的传统友谊得到继承和发展，促进中南友好合作关系进一步提升，密切与金砖国家的良好关系并使这些国家在当今世界上的重要地位得到巩固和发展。

笔者看习近平外访电视和报道，就记忆所及作了回顾，遗漏在所难免，但从中感触良多。习近平这次访问，是过去中国国家元首和国家重要领导人外访的延续，也是在过去基础上的发展，无疑将加强和发展中国与受访国家的友好合作关系，并为其发展开辟更广阔的前景。这次访问也有力表明，中国推行自主和平外交政策，它的发展和国力的提高，将给中国与世界各国关系的发展带来机遇。至于访问中的个人魅力，习近平的沉稳、大气，彭丽媛的秀丽、优雅，已经在访问俄罗斯时广泛受到好评，肯定会为这次访问加分。

（2013 年 3 月 25 日）

朝韩关系并非水火难容

朝鲜半岛局势紧张，使我又想起二十年前金日成主席说过的一段话，大意是："朝鲜半岛南北关系紧张，从根本上说，都是因为双方当局把对方视为自己达到政治目的障碍的结果。"当时，韩朝关系因为第一次核危机正处于紧张状态，美国前总统卡特出于对国际局势发展的关心，不顾高龄前往朝鲜半岛进行调解，面见了金日成主席和金泳三总统。上面这段话就是卡特传出的，朝鲜方面未加证实也未予否认，但我认为是比较可信的。因为在那之后不久，韩朝之间就达成协议，金泳三将访问平壤，与金日成举行会谈，商讨南北关系和朝鲜半岛问题。不幸的是，后因金日成突然逝世，致使南北历史性的首脑会谈夭折。

朝鲜南北局势几十年来一直时紧时松，目前又处于紧张状态。3月30日，朝鲜宣布，停战协定已不复存在，南北关系进入"战争状态"，更增加了半岛的紧张气氛。朝鲜半岛南北双方本来政治体制不同，意识形态迥异，相互关系难免遇到障碍，但只要稍许回顾历史便可知，南北关系也并非水火难容，不可缓和与改善。

远在1972年，朝鲜半岛南北关系就曾打破相互敌视，首次出现松动。当年，经过秘密渠道联系，朴正熙总统的特使、中央情报部部长李厚洛访问了平壤，金日成首相予以会见，双方讨论了改善相互关系事宜。之后，金日成的特使、内阁第二副首相朴成哲回访了汉城，得到朴正熙的会见，双方继续讨论了改善相互关系问题。当年7月4日，朝鲜半岛南北双方发表历史性联合声明，阐明自主和平统一三大原则：互不攻击对方、互不使用武力和实现民族大团结。此后，南北双方通过召开南北协调委员会和红十字会谈，使相互敌对的南北关系在一段时间内有了很大程度的和缓。

朝鲜半岛南北关系出现的另一次缓和是2000年。时任韩国总统的金大中于6月访问平壤，与朝鲜最高领导人金正日举行会谈，达成多项协议，并签署发表了《南北共同宣言》。在这次历史性的南北首脑会谈之后，朝鲜半岛南北关系一扫相互敌视的紧张气氛，政治、经济、军事等领域的交流与互访顿时活络起来，平壤人参酒等商品在首尔颇受欢迎甚至脱销。南北关系的缓和与改善受到世界的欢迎，金大中因此获得诺贝尔和平奖。

历史昭示，朝鲜半岛南北关系并非不可缓和与改善，双方当局即使不承认对方的体制，但只要尊重对方的存在，通过沟通和交流，求同存异，寻找共同点，相互关系就有可能松动与改善，并逐步从互相敌视中摆脱出来。回顾1972年的缓和，尽管当时南北关系持续紧张已经二十余年，相互没有任何交流和来往，但金日成和朴正熙不咎既往，捐弃前嫌，使双方走到一起。2000年的缓和来自金大中的高瞻远瞩。他不急于南北统一，而是着眼相互和解与合作；金正日不仅认同，而且亲自迎接款待，遂使南北关系出现突破。这些历史都不应该遗忘。

现在，朝鲜半岛南北关系又到了一个关键时刻。金正恩接班一年多，朴槿惠就职一个多月，双方新领导人在总结过去的基础上，应该开创一个新的局面。如果说朝鲜半岛局势近年来有什么重要变化的话，那就是朝鲜已从一个无核国家转变成一个自称的“拥核国家”。这对半岛的和平与稳定当然是不利的，对南北关系的改善也是一个新的障碍。但值得注意的是，朴槿惠在要求朝鲜弃核的同时，仍表示愿意向朝鲜提供人道主义援助，必要时举行高峰会谈，改善南北关系的大门仍然是敞开的。

当前，最重要的是，不失理智，保持冷静，使朝鲜半岛紧张局势降温。朝鲜恃武恃核的言论已经很多，应该立即停止。要认识到，这样做不仅无助于问题的解决，反而只会加剧紧张局势。韩美联合军事演习也不应再举行，而且不要再采取任何刺激朝鲜和加剧紧张的行动。在可以预见的未来，朝鲜半岛以一方为主统一另一方是不实际的，也是不可能的，只能在相互认可对方的存在、互不刺激对方的情况下，通过可能的交流与合作，谋求共同繁荣和发展。金日成四十年前所主张的互不攻击对方、互不诉诸武力，仍有现实意义。世界上不少制度不同的国家可以和平共处，朝鲜半岛南北方是同一个民族，为什么不能做到呢？保持局势稳定，共谋发展繁荣，是唯一的出路。

（2013 年 4 月 4 日）

名字的思考

本文所说的名字，是指电视报道中的名字。所以写这个题目，是因为我觉得，我们在处理这个问题上有进步，但也还有一些禁忌，需要打破。

名字本来就是一个符号，没什么大不了。但长期以来，“出名”被看得很重。作家写书署名很正当，但在20世纪50年代，曾批判过“名利双收”，指作家又拿稿费，又可出名。机关单位有人写一两篇文章，在报上发表，被批为“个人主义”作祟。于是在很长一段时间，形成了“怕出名”的社会舆论。

也许就是在这种社会舆论影响下，20世纪七八十年代，中央台电视主持人和记者都是不署名的。当时《新闻联播》，赵忠祥、邢质彬、杜宪等人主持，因为天天看，我们虽识其面，但不知其名。后来慢慢才从其他渠道传出他们的名字，但节目中仍然不见他们自己报名。至于中央电视台记者的名字，那就更加“隐蔽”，也没人打听，真的是“默默无闻”了。

到了20世纪末21世纪初，开始出现一些变化。也许是受到国际影响，世界上其他国家的电视，无论主持人还是记者，都是自报姓名；同时也许是对姓名问题有了新的认识，终于松绑。于是，电视台开始出现主持人和记者的名字，附在画面的下方，但本人仍然回避自报姓名。其实，既然画面上出现了名字，本人报一下又何妨？为什么还要回避？看来对自报姓名还有顾忌，不肯再迈前一步。我认为，报名是一种负责任，就是告诉观众，您看的这个节目是我做的，我承担责任。其二也是对劳动成果的肯定。我想起20世纪70年代一件往事。周恩来总理一次会见外宾后交代，发新闻稿要署上包括陪同、翻译、记录每个人的名字。我们有点茫然，周总理看出来，就说："没有你们，我一个人怎么可能会见外宾？"报名实际上是对劳动的尊重。

现在，我们的电视只差一步，就是由主持人或者记者报出自己的名字，这样做很自然、很省事，观众接受也很自然，只说"央视主持人"或"央视记者"，还要让观众去看画面，眼神不好的看不清楚，就不必要了。报名的顾忌也可从此打消。香港凤凰卫视做得就很好，不仅记者报自己的名字，连摄影师的名字也报出。

（2013 年 4 月 28 日）

“开城”闭园　朝韩“双输”

韩朝合作象征的开城工业园区，4 月 26 日最终关闭，经营十年的韩朝合作成果陷入中断，令人惋惜。

4 月 25 日，韩国正式向朝鲜建议，举行政府级别对话，化解拖延多日的开城工业园区僵局。韩国要求朝鲜在 24 小时内答复，如朝鲜拒绝对话，韩国将采取“重大行动”。朝鲜于次日拒绝了韩国的对话建议，并抢在韩国之前关闭了开城工业园区。韩国不得已也于 4 月 26 日从工业园区撤出了所有韩方人员。

开城工业园区早在 1989 年韩国现代集团会长郑周永访问平壤时，就与朝鲜签订了土地合同。那次郑周永访问平壤，还受到金日成主席的接见。2000 年 6 月，金大中总统访问平壤，会晤朝鲜最高领导人金正日，举行历史性南北首脑会谈，达成多项协议并发表了《南北共同宣言》。韩朝之间各领域的人员交流与合作活跃起来，韩朝关系掀开了新的一页。共办工业园区也提上日程，多方权衡后选址在开城，朝鲜提供土地和房屋，韩国提供资金、技术和设备，园区为朝鲜所有，双方共同管理。经过筹备，开城工业园区于 2003 年正式启动，截至目前已经营十年，成为韩朝合作的象征和典范。

工业园区之所以选在开城，是因为那里是个有名的地方。六百年前，这里即是高丽王国的都城，以盛产人参闻名于世；还有一个更重要的原因，就是开城离韩国仁川港较近，生产的产品出口，三个小时就可到达日本。截至 2013 年，韩国共 123 家中小企业进入园区，人员数百人，朝鲜工人 5 万多名。当然，韩朝双方在管理中也有一些分歧，如工人待遇、税金收取等，但通过协商已基本得到解决。

今年以来，朝鲜半岛紧张局势不断升级后，4 月 3 日，朝鲜宣布停止韩方人员进入工业园区。4 月 8 日，朝鲜以“美韩反朝行动和侵朝战争挑衅活动”为由，从开城工业园区撤出全部朝鲜工人，并声称暂时中断园区运转。这之后，朝鲜只许韩方人员出，不许韩方人员进，并且不许韩国运送口粮和日用品车辆进入园区。4 月 17 日，朝鲜又拒绝开城工业园韩国企业代表访问工业园区的申请，使事态进一步激化。韩国几次建议对话商谈，均遭到朝鲜的拒绝。这样最终导致韩国不得不以最后通牒式方式向朝鲜提出对话建议。遭朝鲜拒绝后，开城工业园区终于关闭。

开城工业园区本来前景十分美好，曾计划几年后引进韩国企业上千家，设立生活区、商业区、休闲区，还修建高尔夫球场，为职工子女开办小学。而现在工业园区关闭，这一切都成了泡影。韩国这次损失不小，中小企业投资上亿美元无法收回，所生产的产品不能出口只能拉回，韩国政府还要对企业承担巨额补偿。如果留守的韩国人员被朝鲜扣留，人身安全等将成为更严重的问题，这也是韩国决定撤回所有韩方人员的原因。

朝鲜方面损失也不小，土地、厂房虽可收回，但 5.4 万朝鲜工人失业，每年近亿美元的工资失去，而且失业工人和家属的生计安排也成很大负担。朝鲜通过开城工业园区每年获得上亿美元巨额外汇收入还没算在内。当然，还有看不见的损失，那就是朝鲜关闭开城工业园区，招致它对外失去信誉，影响外国投资者的信心。不过，按朝鲜一位高官视察后所说，关闭开城工业园可以去掉一个韩朝“直接对抗的场所”，也可以说去掉一块“心病”。

总之，开城工业园区关闭没有赢家，而只会加剧韩朝之间的对立，给本来紧张的朝鲜半岛局势雪上加霜。开城工业园区是金大中总统在任时访问平壤之后韩朝双方合作取得的重要成果，而现在园区关闭，与金大中的交流、和解、合作主张相悖，如果他在世的话，不能不感到十分遗憾。

（2013 年 4 月 30 日）

韩国打破外交排序惯例

最近，韩国媒体透露，韩国总统朴槿惠5月访问美国之后，可能于6月访问中国，之后访问日本。这条消息不长，却引起我的关注，因为朴槿惠如果按这个顺序出访，将打破多年来韩国大国外交的排序。

我不禁回顾起历史。韩国历来重视大国外交，总统就任后首次出访成为重要标志。二十一年前，即1992年韩国与中国建交之前，韩国大国外交的排序一直是美国第一位，日本第二位。这种排序自有历史原因。早在1948年，靠美国扶植，大韩民国成立。朝鲜战争期间，美国又以联合国名义，纠集多国出兵支援韩国。停战后，根据《美韩共同防御条约》，美国至今驻军韩国。美国还在经济上提供大量援助，支持韩国经济恢复和发展。日本历史上虽曾对朝鲜半岛实行过三十六年殖民统治，但1965年韩日关系正常化之后，由于两国同属美国的盟国，又有相同的政治体制和需要，虽时有历史、领土纠纷干扰，但总的来看关系比较紧密。在几十年中，韩国对外贸易，美国占第一位，日本占第二位，更是密不可分。

1992年中韩建交，韩国大国外交受到冲击，但排序仍然没有变化。1992年12月，金泳三当选韩国第十四任总统，次年初他在就任前会见大国驻韩国大使，其顺序仍然是美国、日本、中国、俄罗斯。但韩国有识之士已经开始思考是否排序应有所变化问题。1994年，韩国任命黄秉泰出任驻中国大使，在他赴任前按惯例接受记者采访时，将韩美关系和韩中关系相提并论，并预言韩中关系将有一个飞跃发展，也不排除有一天赶上韩美关系。此言一出，在舆论界引起不小的风波，有的人公开发表反对意见，但现在看来，黄秉泰的看法颇有远见。

实际上，中国在韩国外交中的地位还是逐步发生一些变化。金泳三仍维持韩国大国外交原有顺序，他于就任当年出访了美国，次年出访了日本、中国、俄罗斯。金大中总统、卢武铉总统、李明博总统虽也维持韩国大国外交的原有顺序，即美、日、中、俄，但也出现了微妙变化。金大中 1998 年 2 月就任，4 月就内定当年访问中国，并征得中国的原则同意。他访问美国、日本后，于当年 11 月访问中国，在与中国领导人会谈后，把“中韩合作伙伴关系”提升为“面向 21 世纪的全面合作伙伴关系”。李明博 2008 年 2 月就任，在访问美国、日本后，当年 5 月就访问中国，还将中韩关系提升为“战略合作伙伴关系”。这表明，在韩国大国外交中，中国的位置在逐步提升。

今年 2 月 25 日，朴槿惠总统在就职演说中，打破多年来韩国大国外交排序的惯例，明确提出韩国将加强与美国、中国、日本和俄罗斯的关系，在国际事务中发挥更重要的作用。美国虽仍第一位，但中国跃升到第二位，日本退居到第三位。就职后，朴槿惠派特使团也是第一个访问了中国，之后才派往日本。由此可以看到，朴槿惠十分重视与中国的关系。

其实，中韩建交后，中国在韩国的对外关系中所处位置越来越重要。中韩两国建交后，通过两国领导人的会晤和会谈，不仅消除了过去的隔阂，建立了战略合作伙伴关系，而且各领域的交流与合作得到全面深入发展。中国已成为韩国的第一贸易伙伴，2012 年两国贸易额达到 2500 亿美元，超过韩美、韩日贸易额的总和。中韩两国之间的人员往来之多更是惊人，去年超过 740 万人次，也就是说，每天有 2 万人来往于两国之间。中韩两国在坚持朝鲜半岛无核化、维护半岛和平与稳定方面，也有着共同的利益，有着密切的合作。这些发展令人深感欣慰，但中国也不反对韩国与其他国家建立友好合作关系。

韩国媒体透露的只是一个资讯，朴槿惠总统已开始访问美国，但她访问其他国家的日期还在筹划之中。不管顺序如何，如果朴槿惠访华，将会受到中国的热情欢迎和盛情接待，我也相信，通过她与中国领导人的会晤和会谈，中韩两国关系必定会在现有基础上有一个新的更大的发展。

（2013 年 5 月 7 日）

忆老友程瑞声

老友程瑞声辞世，不胜悲痛。他大我两岁，是为兄长。我与他相识于外交部亚洲司，已四十余年。他的离去，使我不禁想起与他相处的点点滴滴。

程瑞声中等身材，体形偏瘦，一副眼镜，显出几分儒雅。他善于思考，文笔也很不错，并以大胆提出不同见解而闻名。早在20世纪80年代，他就曾提出，中苏关系不要只指责对方，是不是也要从我们方面考虑，一时引起轰动。2001年美国发生“9·11”事件以后，他有次参加研讨会，认为“国际局势总的趋向缓和”的提法已不符合实际，应该改为“国际局势总的趋向动荡”，在会上引起激烈的争论。

程瑞声是我国早期学习缅甸语的学生，在中国驻缅甸使馆半工半读，但由于他十分刻苦，缅甸语学得很好，多年给毛泽东主席、周恩来总理当过翻译，与早期的缅甸领导人吴努、奈温等关系也很熟。他对缅甸问题很有研究，许多问题有独到见解。他曾多年在中国驻缅甸使馆做过研究工作，1987年被任命为中国驻缅甸大使。

程瑞声还精于南亚问题的研究，是学者型的外交官。他曾在中国驻印度使馆当过参赞，1991年被任命为中国驻印度大使。退休后，他研究南亚问题仍孜孜以求，还担任了南亚学会副会长。他经常应邀到外地讲学，一住几个月，系统深入阐述他对南亚问题的观点。不过我主要研究东北亚问题，方向不同，和他的“共同语言”不多。

然而，程瑞声和东北亚也发生了“关系”。1991年，他任驻缅甸大使期间，中国和韩国还没有建立外交关系，那时中国外交官与韩国外交官不能接触交往，甚至见面不能握手。他作为大使按规定办事，但他又觉得规定有些过分，特别是韩国外交官对中国很热情，于是他“另辟蹊径”，通过大使夫人交往。说来也巧，当时中国大使夫人李路、美国大使夫人李荔、韩国大使夫人李光爱，三人同姓，有时一起吃饭，有时一起喝咖啡，成了好朋友。这段往事程瑞声一直记在心中。

退休后，我们一次聊天，程瑞声向我打问，他在缅甸当大使时，曾与韩国驻缅甸大使权丙铉有过几面之缘，问我是否认识权丙铉。我答不仅认识，而且是好朋友。我还告诉他，权丙铉曾担任中韩建交谈判韩方代表，也曾出任韩国驻华大使。他听后托我转达问候，我允诺等权大使来北京时，也把他请上一起见面。他听后很是高兴。大概过了几个月，权丙铉和夫人来到北京，我们把程瑞声和夫人请来一起吃饭，他们两对夫妇时隔多年相见分外高兴，久久地拥抱在一起，仿佛多年未见的老朋友。

还有一件事也是程瑞声特别骄傲的，那就是他和李路的婚事。他与李路 1957 年第一次见面是在缅甸，他是随领导人出访的翻译，李路是艺术团的舞蹈演员。两人一见钟情，不过职业的不同也给他们带来不少苦恼，两人直到 1961 年才结婚。其间得到过多位中央领导人的关怀，特别是周总理一直关心他的婚事，曾几次问他是否有女友，后来得知他已经结婚，还表示了亲切的祝福。程瑞声每当谈起此事，幸福就洋溢在他的脸上。

斯人已去，往事却历历在目。纪念逝者，最好的办法是用他的精神鞭策自己，多做一些有用的事。

（2013 年 5 月 9 日）

汉拿峰蜜橘

近日去韩国济州岛，在观光的路上，吃到新品种蜜橘“汉拿峰”。我去过济州岛多次，还是第一次吃到。这种蜜橘据说是暖房培育，个头拳头大小，皮薄无核，酸甜适度。形状圆圆的，连接果树的部分突起，呈火山口形，因似济州岛汉拿山顶峰而得名。品尝“汉拿峰”，我心中不由得佩服起当地橘农的创新精神。

济州岛位于韩国最南端，是一个火山喷发后形成的岛屿，因地表渗水不宜农业耕种，但20世纪70年代，引进橘苗试种，获得成功。自那以后逐步推广，现在岛上橘农成千上万，橘园到处可见。金秋季节，挂满枝头的蜜橘，令游客赏心悦目。济州岛每年产蜜橘几十万吨，不仅供应首尔等城市，还有少量出口。济州岛蜜橘全国闻名，新品种“汉拿峰”更是令人青睐。

从蜜橘我又想到，这几年济州岛有不少变化，中国游客的涌入更令人吃惊。济州岛以观光业为主，人口只有50多万，但一年接待游客却达几百万人次。岛上景点繁多，没有工业，没有污染，风清气净，得天独厚。过去多年来，日本游客一直占外国游客的第一位；但自去年起发生了变化，中国游客突破100万人次，占外国游客的1/3，超过了日本。不仅各个景点中国游客爆满，餐馆、商店更是中国游客涌动。特别是在商店，为了给中国游客选择商品提供方便，几乎每家都配备了说中文的店员。

这几年还有一个变化，就是中国对济州岛的投资不断增加。据说投资50万美元以上就可以得到绿卡，获得永居权。过去多年，中国几乎对济州岛没有投资，但是近几年随着济州岛开发的进展，也随着中国财富的增加,已经掀起了一个投资热。位列世界500强的上海绿地房地产集团,与韩国韩华集团联手,正在兴建"绿地济州健康旅游城",去年10月已经开工,"汉拿山小镇"一期开始预售,部分购房者已付订金。位于半山观海的这个小镇建成后,绿地"粉丝"将成为主要的房客,也将会为济州岛这个新兴的集旅游、休闲、商业为一体的国际自由城市带来新的发展。

济州岛的另一个引人注目的变化,就是去年中国在这里设立了总领事馆。此前,中国只在韩国釜山和光州两地设有总领事馆,这次在济州岛设立总领事馆是日益增长的中国游客和中国投资者的需要,也是为了更及时地处理中韩之间在这个地区的领事业务。中韩之间每年来往人数近800万人次,其中大部分是观光游客,显示了两国交流之活跃和国民之间的亲切情感。品尝"汉拿峰"蜜橘,观赏着身边的美景,一路上我感受到未曾有过的温馨和惬意。

(2013年6月4日)

爱思顿别墅

不久前去首尔，入住华克山庄酒店。在这个城市的众多酒店中，它离闹市区最远，也可能是这个缘故，我每年去韩国从未住过。但这次我们一行都很高兴，因为这家酒店虽地处偏僻，但位于汉江之畔，周边景色秀丽，打开窗子就可观赏。特别是我们一行中有两位，住进华克山庄酒店，勾起他们对往事的不尽回忆，感慨万千。

三十年前，也就是1983年5月初，一架中国民航客机被劫持，紧急降落在韩国春川机场。中国立即派代表团前往汉城(现称"首尔"，下同)，与韩方谈判交涉。客机上的190多名旅客，就住在华克山庄酒店。我们一行中的蒋正才先生就参加了当时的谈判。因为中韩两国没有外交关系，解决此事甚为棘手，即使有外交关系的国家之间发生这样的突发事件，解决起来也十分困难。

但是，当时的韩国总统全斗焕和韩国政府经过反复权衡，着眼于同中国关系的未来，很快作出决定，将客机和旅客送还中国，使一个"艰难的问题"较快得到解决。中韩1992年建交后，蒋正才曾出任中国首任驻釜山总领事，时隔整整三十年他才有机会再次来到华克山庄酒店。他无限感慨地说:"世界在变化，中韩关系也发生了天翻地覆的变化，真让人不敢相信。"

这次更为引起我们一行兴趣的是，华克山庄酒店还与中韩建交有着不一般的关系。1992年5月，中韩开始秘密进行建交谈判。根据韩方的要求，第一轮和第二轮谈判在北京钓鱼台国宾馆举行，而且取得了一些进展。从国际惯例考虑，中方建议第三轮谈判在汉城举行，得到韩方的同意。为了严格保密，韩方经过周密考虑，谈判、住宿地点选在华克山庄酒店后面的爱思顿之家——一幢外观普通的别墅，因为那里很少有人光顾，更可避开外界的目光。

令人难忘的是，就是在爱思顿之家举行的第三轮谈判中，中韩双方代表经过认真讨论，就建交问题初步达成协议，并草签了一份协议书。当时中韩建交谈判双方代表为大使级，曾先后出任中国驻埃塞俄比亚和斯里兰卡大使的张瑞杰出任中方谈判代表，这次他也在我们一行之中。二十多年来，他一直没有忘记爱思顿之家，有机会旧地重游，他更感到分外欣喜。

我急于一睹爱思顿之家。在住进华克山庄酒店的次日清晨，就沿着酒店后山蜿蜒的小路去查找。只见道路修葺整齐，两侧金达莱盛开，红色、粉色、白色，一丛丛，一片片，甚为赏心悦目。转了几个弯，就看到不远处有一座二层小楼，被绿树和花草环抱，走近便看到门前竖着的牌子“Aston House”，是一座总统级的住房。虽然天气晴朗，风清气静，只可惜楼房门锁着，我在周边转了转就不得不悻悻返回酒店。

接待我们的是韩国文化中心。了解到我们一行中有曾经担任过中韩建交谈判中方代表的人士，也了解到我们对爱思顿之家兴趣甚浓，于是特别增加了一个访问项目，即安排参观爱思顿之家，还请曾担任中韩建交谈判韩方代表的权丙铉大使陪同。不巧那天早上下起雨来，但韩方安排了车辆，我们顺利到达爱思顿之家并进入参观。这座别墅进行过大修，装饰豪华，设备考究，但布局却发生了不少变化，张瑞杰虽细心观察，却已很难找到当年住宿、会谈、宴请的位置，不过整体房屋格局他仍然感到十分亲切。

张瑞杰大使和权丙铉大使在建交谈判中，分别代表各自政府，虽曾在一些问题上有过分歧和争执，但应了中国那句俗话，“不打不成交”，他们经过“唇枪舌剑”却成为好朋友，交往甚笃。这天，他们在参观中兴奋地回忆起当年的情景，不禁感慨良多，多次拍照留念。我们一行通过参观也感受到中韩走到一起的珍贵。不过也有一点遗憾，因细雨霏霏，大家没能到别墅外面的临江花园一睹芳容，只得留给下次。

爱思顿是一幢普通的别墅，但在中韩建交中却有过一段鲜为人知的“经历”，它将永远留在人们的记忆之中。

（2013 年 6 月 25 日）

清亮多伦多

时隔三年，再次来到多伦多，与女儿一家团聚。这当然是令人高兴的，但从到达那一刻起，吸引我的却是这里清亮的气候。

走出机场，眼前豁然开朗，楼宇、树木，清晰可见，几无一丝污染。而这几年我们住在北京，为浓重的雾霾所包围，烦恼不少。早上起来，拉开窗帘，最期盼的是看到蓝天白云，但十天中有八天是失望的。不少时候，甚至连庭院的树木、对面的楼房也看不清楚。记得小时候住在北京，天气晴朗的时候，站在高处可以看到西山；晚上在院子乘凉，可以数天上的星星。几十年后的现在，城市发展了固然可喜，但高楼林立，人口暴增，特别是汽车超过 500 万辆，浓重的尾气使人不堪忍受。住家附近有一个公园，十几年来我们几乎每天去那里散步，现在因空气糟糕也不得不停止下来。

到达次日，在女儿居住小区散步，只见林荫道路两侧树木苍郁，每幢独立住宅前面的草坪都修葺整齐，不时还可看到老年夫妇认真修剪门前的花草。散步途中还可闻到淡淡的花香，环境清新舒适，没有任何嘈杂。那天正赶上周末，午饭后，我们与女儿一家坐在房后小院休息闲谈，望着湛蓝的天空和朵朵白云，感到未曾有过的惬意。

加拿大地域辽阔，面积略大于中国，但人口只有 3000 多万，是中国的 1/40。多伦多濒临安大略湖，周边树木成林，人口 200 多万，客观上是治理的优越条件。但主观上重视环境治理更为重要。加拿大从多年前开始就实施无公害发电，电力供应充足。据说多伦多市有大小公园几百个，宽阔的绿茵草地连接成片，市政部门负责管理，定期派人机械锄草，从未看到过哪片草地出现荒芜；居民家家有车，而且不止一辆，但管理有序，驾车、停车、礼让都有严格规定，市民认真遵守。公共场合禁烟更是严格。多伦多市已多年被国际组织评为“世界最宜居的城市”，绝非偶然。

一些朋友知道我们来到多伦多市，纷纷称我们逃脱了雾霾，多住些时日。其实我们来这里，主要是为了与女儿一家团聚，过几个月就会回北京。我们是喜欢北京的，那是我们生长的故土，也为它的发展而自豪。我们相信，经过严格治理，污染和雾霾终会过去，北京也会出现清亮的天空。我们期待着。

（2013年7月18日）

姚船的后园

加拿大人的生活方式，与国人完全不同。就拿居室而言，他们虽也有公寓型的楼房，但很多人居住的是独立住宅，特别是在市郊，独立住宅连成一片，形成一个个社区，社区中的每家住宅或前或后，都有一块绿地，精心修葺，花草繁茂，恰似一个小花园。

来多伦多后，一天去一位华人朋友家做客，主人拿出樱桃招待我们，并指着房前花园中的一棵樱桃树说："去年种的，今年就结了果。"我们不禁惊讶，但尝尝樱桃，酸甜适度，味道还真不错。朋友劝我们："你们也种种看，明年就有樱桃吃了。"我们多少有点动心。

在多伦多，去过的几家朋友中，以姚船先生住宅后面的花园最为优美。我们与姚船相识于香港《大公报》"大公园"副刊，通过相互发表文章，有了初步了解。三年前，我们在多伦多相见，一见如故。这次约定时间，我们夫妇去他家拜访，姚船和太太迎接我们。他们的居室是一幢二层小楼，屋内摆设朴素，窗明几净，收拾格外整洁。坐下交谈，共叙别情，亲切而温馨。特别是隔着巨大的玻璃窗，看到他家后面的花园，绿草繁花，更觉赏心悦目。

走出居室，到后园散步，最先看到两株无穷花。记得三年前，姚船带我们散步时，也看到过这两株花，我告诉他："这是无穷花，韩国的国花，在韩国很多。"他听后点点头。现在两株无穷花又长大不少，淡紫色的花蕾，含苞欲放。姚船还写过一篇散文《无穷花的思念》，回忆我们相识和在多伦多见面，文字秀丽，洋洋洒洒，情景交融。

姚船的后园，面积较大，绿色草坪铺开来，似柔软的地毯。我们走在上面，生怕伤害了它。后园近处是两株枫树，姚船说，三十年前他搬到这里，亲手种下树苗。在加拿大，据说枫树有上百种，遍及全国各地，秋天满眼红色，这可能就是“枫叶之国”的由来。经过精心浇灌，三十年前的小树现在已长成参天大树，树冠铺展开来，充满生机。

再往前走，到了后园的尽头，没想到靠一侧，开出一块小的菜园，姚船不无骄傲地说，那是他的“劳动成果”。细看，菜园中种有番茄、豆角、南瓜，番茄已开始结果，豆角枝蔓爬上架，南瓜开出黄花，长势喜人。姚船说不久就可享受丰收的喜悦，并说我们如果得闲可前来品尝。

姚船已到古稀之年，他三十年前来多伦多时正当壮年，靠深厚的文字功底，写散文，写专栏，忙得不亦乐乎。而现在，他告诉我们，虽然也写点东西，但主要是看孙子，享受天伦之乐；或收拾庭院，活动手脚身体。我们看着偌大的庭院，问他怎能承担，他笑着回答，那好办，慢慢做，还有太太帮忙，累了就喝茶休息，说罢指指靠居室一侧的白色桌椅。

（2013 年 7 月 25 日）

枫叶之国

今夏，我和先生从北京到多伦多去探望女儿一家。进入首都机场第三航站楼才得知去多伦多的加拿大航班要推迟起飞。我们有些沮丧，但也只好在办完手续后去候机大厅等候。两小时后，我们频窗看到远远的跑道上一架客机向我们的方向滑行而来，当它转弯时，机身上美丽的红色枫叶标志映入我的眼帘，这肯定是我们将要乘坐的加航班机已经到达，心里顿时踏实下来。红色枫叶给我带来13个小时后就要和女儿、女婿、外孙女团聚的希望。更让我高兴的是，登机后首先吸引我眼球的就是印在座椅上的和航空小姐服饰上的红色枫叶，就连每次就餐时，盘中的餐盒上、餐巾上、盐包上、黄油和果酱小盒上，都印有红色小枫叶，看着它们，食欲不禁大增。

到达多伦多后，坐在女儿、女婿、外孙女接我们的汽车上，一路上看到许多建筑物的楼顶上都飘扬着枫叶国旗，商店、超市、影院、加油站等处的墙面上都雕刻着形状各异的枫叶标志，有红色的，还有白色的，煞是好看。再扬头看看道路两旁的树木，满树浓绿的叶子，都是多角的枫叶。女儿介绍说，加拿大的枫叶有上百种，到初秋时叶子就由绿变黄，再变橙色，到深秋就是满树红色了。后来女儿带我们到超市购物时，我也发现，许多食品包装上都印着枫叶标志，有枫叶糖果、枫叶饼干、枫叶人参等。还有一种叫枫叶汁，是从一种叫“糖枫”的枫树干上割出的汁液，味甜，类似蜂蜜，装在各种型号的枫叶形状的瓶子里，非常别致。更多的纪念品和礼品上也都印有红色枫叶。

加拿大有“枫树之国”的美称，世界上三分之二的枫树都集中在加拿大，成为加拿大的国树。加拿大人说，枫树是他们民族的象征。加拿大的国旗为枫叶旗，由红、白两部分组成。白底代表加拿大广阔的国土，因全年积雪达百天以上，所以国旗的底色为白色；两侧各有一红色长方形，分别代表加拿大东临的大西洋和西临的太平洋；中间则是一片亮丽的红色枫叶，代表勤劳坚毅的加拿大人民。枫叶有 11 个角，代表加拿大的 7 个省和 4 个自治州；另外，枫叶本身确有 11 个角。据说，加拿大历史上长期以来没有自己的国旗，直到 1964 年 12 月，国会才通过国旗法案，即加拿大人所喜爱的现在的国旗图案。1965 年 2 月 15 日正午 12 时，渥太华国会大厦前举行了隆重的升国旗仪式。从此，每年的这一天定为国旗日。

我们到达多伦多时，正是加拿大国庆的前夕，到处都能看到飘扬着的枫叶国旗。每天清晨，我们在绿荫小街散步时，还能看到每家门前绿地上都有一处别致的花草造型，有的造型中还插着小型的枫叶旗，显得格外喜庆。据说，加拿大东部贯穿安大略和魁北克两省之间有一条绵延 800 公里的枫叶大道。女儿说，到 9 月中旬，当绿黄橙红各色枫叶拉开秋天的序幕时可作一次赏枫之旅。我想象到那时，各种颜色的枫树挺立在碧水蓝天之中，该是一幅多么色彩斑斓的图画啊！女婿和外孙女高兴地说，让我们到时赏够枫叶再回国。我想一定会是吧！

（2013 年 7 月 26 日）

机场商店不卖酒

女儿陪我们去温哥华旅行，她想给在那里的女友买一瓶葡萄酒，但托运的行李已放不进去，而且还担心运输途中酒瓶被碰破，于是她决定到机场经过安检后去商店买一瓶。她与这位女友已经十年未见，过去在国内是一个机关的同事，而且在一个办公室，彼此十分要好，无话不说。但先后来加拿大后，她在多伦多，女友在温哥华，相距遥远，只能靠电话联系。这次陪我们去，才有机会见面。

去机场买一瓶葡萄酒，她认为没有问题，我们也是这么想的。因为在国内，机场商店多家，各种酒类供应齐全，买瓶酒是很容易的事。但在多伦多，却让我们很失望，找遍所有商店，也没有卖酒的。只在一个餐点，看到了酒瓶，但只对食客零售，不卖成瓶的。直到这时女儿才醒悟，原来加拿大控制卖酒是十分严格的。

女儿来多伦多近十年，还是第一次乘加拿大国内航班，也没在机场买过酒。不过，加拿大严格控制酒类出售，她是知道的，我们也深有体会。多伦多餐馆很多，但多没有酒牌，也就是没有卖酒的执照。记得第一次去多伦多时，女儿、女婿带我们去一家餐馆吃饭，菜很不错，我想喝口酒，女儿悻悻地说："爸，您回家喝吧，这家餐馆没有酒牌。"按照国内讲，哪家餐馆不卖酒？可加拿大完全不同，去不少餐馆吃饭是喝不到酒的。

加拿大不能随意卖酒，只有指定的商店才能出售。女儿住家附近，超市和商店很多，吃的、用的各色货品一应俱全，唯独没有酒卖。原来酒类有专卖店。一天女儿带我去看，进门大吃一惊，各种瓶装酒类摆满了几间屋。仔细一看，不仅有加拿大的各种名酒，还有西方各国的名酒，也有中国的茅台、五粮液，五光十色，目不暇接，好像一个博物馆，令人赞叹不已。

在加拿大，19 岁以下的儿童和青少年，法律规定不许饮酒，也不许买酒，包括啤酒在内。如果孩子去买酒，商店有权查问年龄，让孩子出示证件，不足 19 岁，是拒绝出售的。加拿大不仅酒类严格控制，烟草也控制得比较严，不满 19 岁是买不到烟的。

女儿只好在机场给女友买了一盒精致的巧克力。此事不大，却引起我的一些想法。加拿大政府控制烟酒，是一项有力的举措。我们国内也在号召限制烟酒，特别是高档烟酒，能不能从加拿大的做法中得到一些启示呢？

（2013 年 7 月 29 日）

金永南其人其事

朝鲜最高人民会议常任委员会委员长金永南到达北京，被认为是“突访中国”，引起舆论的高度关注。特别是联系到最近李源潮副主席刚刚访问朝鲜，人们猜测，中朝关系回暖，金正恩或许不久将访问北京。笔者认为，金永南很可能是“路过北京”前往伊朗参加候任总统的就职典礼。在朝鲜领导人中，金永南的身份仅次于金正恩，因此他到达北京引起猜测也就不足为奇。

金永南是一位朝鲜不可或缺的领导人，无论金日成时代，还是金正日时代，他都处于重要领导地位，现在进入金正恩时代，他以85岁高龄，依然处于领导人前列。他为金氏家族三代效忠，极不寻常。笔者第一次见到金永南是1963年。那时金永南任朝鲜外务省副相，排名在多名副相之前，实际上是第一副相，主管常务工作，兼管对华事务。当时朝鲜外务相是朴成哲，后来很快进入朝党政治局，副相中还有许锬，也是一位很有能力的人。

金永南最初给人的印象是精明能干，待人热诚，处事练达。记得1968年，平壤发生水灾，广场被淹，可以行舟，不少大使馆受灾，中国大使馆地势较高，免于水患，但也没有净水可饮。金永南身着作业服，召见各国使节，说明水灾情况，请求谅解，并当场为一些大使馆解决问题。不久，水车就给中国大使馆送来净水，解决了紧迫问题。此事一直记在我的脑海里。

20世纪70年代初，金永南出任朝党中央国际部长，许锬出任外交部长，这是朝鲜两个重要对外部门，分别由两人把守。当时，金日成主席接连几年正式或非正式访问中国，会见毛主席、周总理，金永南、许锬都跟随在侧，是随行者中的主要谋士。金永南任国际部长达十年，许锬也任外长十年。到20世纪80年代初，两人调换位置，金永南改任外长，许锬任国际部长。但没过多久，许锬因健康原因退出一线，金永南却升任副总理兼外长，担子更重。

大约在1989年，金永南访华，钱其琛外长与其会谈，除两国关系问题外，还通报了敏感的中国将与韩国开展直接民间贸易问题，金永南听后虽不甚高兴，表示希望中国不要再往前走，但未作更多表态。这说明，他对待难以处理的外交问题游刃有余。

这里还要谈到，1992年7月，中国与韩国建交之前，钱其琛外长曾受江泽民总书记委托，前往平壤面见金日成总书记，通报中国即将与韩国建立外交关系的决定，金日成顾全大局，原则表示理解。会见时，朝鲜方面就是金永南副总理兼外长陪同。会见后，金永南设午宴招待钱其琛。由此足以看出，金永南处理外交难题足智多谋。

到20世纪90年代中期，金永南进一步高升，进入朝党中央政治局，并出任朝鲜最高人民会议常任委员会委员长。但这时中朝关系进入低潮，主要是因为1994年7月金日成逝世后，朝鲜举国进入志哀期，当然也可能与中国和韩国建交有关。90年代中期后半，又是金永南委员长首先访问中国，开始中朝关系回暖时期，之后不久，金正日总书记就到中国访问。金永南对发展中朝关系的贡献可见一斑。

金永南还善于国际多边交往，他巧于言辞，斡旋各方。朝鲜是不结盟成员，每次不结盟首脑会议，多由金永南作为国家代表出席。2008年，北京奥运会开幕式，多国首脑和政要参加，朝鲜派金永南出席，既满足了中国要求，也便于与各国交往。金永南还善于处理微妙的外交问题，美国前总统、前议员访问朝鲜或日本政要访问朝鲜，也多由金永南会见；即使最高领导人会见，也由金永南先会见客人。

在朝鲜领导人中，善于开展外交活动的，过去是朴成哲和李钟玉两位国家副主席，他们比金永南年长十几岁，他们退出政坛后，金永南的担子就更重了，出访和接待就更多了。既坚持朝鲜的外交原则，又灵活处理外交事务，特别是处理外交难题，是金永南长期立于政坛的根本，因此他是朝鲜政坛一位不可或缺的领导人。

（2013年8月3日）

金正恩缘何问候现代集团会长

近日一条不长的消息引人注目：韩国现代集团前会长郑梦宪的遗孀、现代集团会长玄贞恩 8 月 3 日访问朝鲜金刚山，出席了朝鲜举办的郑梦宪逝世十周年纪念仪式。玄贞恩回到首尔向媒体透露，朝鲜有关人士曾向她转达金正恩第一书记的口信：为现代集团前会长郑梦宪先生祈福，祝玄贞恩会长等家人和现代集团顺利发展。这是玄贞恩时隔两年访问朝鲜，也是这位与朝鲜有着不寻常关系的女性的一次金刚山之行。

金正恩为何问候韩国现代集团会长玄贞恩，不能不从韩国现代集团历届会长说起。现代集团创始人、第一任会长郑周永，1915 年生于被南北两分的江原道朝鲜一侧，青年时曾是汽车修理工。朝鲜战争后，他来到半岛南方艰苦创业，经过几十年不懈奋斗终成大业，成为集汽车、造船、重工于一体的韩国最大企业集团的会长，年产总值几百亿美元。发家致富后，郑周永没有忘记艰难度过青年时期的故乡，并愿为故乡做一些有益的事情。他曾于 1989 年访问平壤，受到朝鲜的热情款待，金日成主席还会见了他，这使他与朝鲜建立了特殊的关系。1998 年夏天，郑周永决定向故乡赠送 500 头耕牛，用卡车通过军事分界线运至江原道朝鲜一侧，并指派他的儿子郑梦宪全程押送，此事前所未有，一时引起舆论的关注。

郑周永有几个儿子，但他非常器重第五个儿子郑梦宪，晚年他改任现代集团名誉会长不再视事，集团事务交由郑梦宪主管。郑梦宪秉承父亲教诲，十分重视与朝鲜的关系，专门成立了现代峨山公司，与朝鲜商谈金刚山旅游合作事宜。当时韩国总统金大中也很支持这项事业，并给予财政上的支援。1999 年,金刚山旅游启动,韩国游客乘船通过海路前往金刚山,朝鲜在金刚山地区负责食宿和观光接待,韩国民众向往已久的金刚山旅游由此变成现实,韩朝僵持关系也因此得到某种程度的缓和。

郑周永 2001 年以 86 岁高龄过世,郑梦宪继承父业成为现代集团会长。他仍然热心于与朝鲜的合作,除继续推进金刚山旅游外,又推动与朝鲜合作建设开城工业园区。金大中总统访问平壤,会晤金正日委员长后,韩朝合作交流活络展开。但正这时,韩朝合作资金问题浮出水面并牵涉于他,现代集团内部几兄弟之间也发生纠葛,加之郑梦宪性格十分内向,在极度困惑之中竟走向绝路。2003 年 8 月 4 日凌晨,郑梦宪留下遗书,跳楼自尽。他留下遗言,希望骨灰埋在金刚山。

郑梦宪的妻子玄贞恩在极端悲痛中,坚强地继承了丈夫未竟的事业,出任现代集团会长,并亲自掌管对朝关系。她把主要精力投入金刚山旅游和开城工业园区的建设,为此先后五次访问平壤,受到款待,金正日委员长不止一次会见过她。但谁也没有想到,2008 年7 月,一名韩国女游客在金刚山旅游过程中误入朝鲜军事禁区,被朝鲜哨兵开枪打死,韩朝双方互相指责,金刚山旅游因此中断。玄贞恩曾几次努力促成恢复未果。

这次玄贞恩会长前往金刚山,参加朝鲜方面举行的郑梦宪逝世十周年纪念仪式,并查看了金刚山旅游设施。金正恩破例通过口信向她致以问候,这也是金正恩第一次问候韩国人士。金刚山旅游已中断多年,开城工业园区复园谈判也处于僵持,这都成为韩朝之间复杂而敏感的问题,玄贞恩此行是否有助于金刚山旅游重启和开城工业园区重开,以及打开韩朝关系僵局,尚待进一步观察。

(2013 年 8 月 9 日)

终于如愿

这次来多伦多，还有一个目的，就是想尽最后努力寻找五十五年前我们大学毕业后分手再未相见过的在约克大学任教的同班女同学。前两次来，通过朋友和总领事馆了解，都没有找到她。这次想了新招，让孩子打电话，直接向约克大学了解她的 E-mail，不想获得成功。真是“踏破铁鞋无觅处，得来全不费工夫”。我们当即给她发了电邮，提出与她见面。

当然，我们也担心她不想与我们相见。1958 年我们大学毕业后，她曾在内地工作过几年，之后去香港任职，后来几经辗转到了多伦多，进入约克大学任教，又经过几年努力，升为副教授，后来又升为教授。但几十年来，她一直在异国他乡，我们和她完全失去了联系。她在约克大学任教，也是偶然从报上看到的。她心中还有没有老同学，坦率说我们不无担忧。但出乎意料，第三天，我们就收到她的回复，说接到我们的电邮感到惊喜，愿意与我们相见，畅谈分离半个多世纪的别情。我们按捺不住内心的喜悦。

第一次见面，她怕我们找不着她的家，因为她家附近在修路，就来了我们女儿家。她穿着打扮完全是加拿大人，天气并不很热，她仍然穿着露臂装，裙子也刚过膝盖。几十年未见，她发福得很，她自己也说：“我有原来两个大。”坐下交谈，她口中念叨：“没想到我们见面，真的！”随后她从一个大背包里掏出一张照片递给我们，接过一看，竟是 1954 年我们大学入学不久全班同学的集体照。我们没想到，脱口而出：“你还留着！”她不以为然地说：“几次搬家，我都留着。”但毕竟过去半个多世纪，她又说：“有的同学，名字我已叫不出。”说着要我们把照片上 20

人的名字写在一张纸上。她还仔细询问了老同学每一个人的情况和地址,特别说:“有邮箱最好,告诉我,好联系。”不知不觉一个多小时过去了,临走她邀请我们次日去她家,我们当即应允。

次日下午,我们按约定时间,找到她家。那是一座矗立在安大略湖畔的高级公寓,她家住在27层,一套面向湖水的房间。“我们原来住独立住宅,几年前搬到这里,为的是公寓有游泳池,我喜欢。”她解释。刚坐下,她就说:“我要送礼物给你们,每人一件。”放在她面前的,是白色T恤,上面绣着不同的图案。这时她又告诉我们:“图案是我设计的,几年前我做过,很受欢迎,连意大利人都来订货。”她很认真,按不同图案送给我们,包括一起来的女儿和女婿。她更细心,把每一件T恤装进事先准备好的袋子,然后一起装进一个红色的大书包中。“你们好带走。”她笑着递给我们。

我们还记得,上学时她就显示出很多艺术才能。她会弹钢琴,喜欢绘画,还会跳舞。果然,她带我们参观房间内壁上挂着的她的作品。只见一张彩色绘画,上面的树木、酒瓶、杯子都倒了,我们不免诧异。她忙解释说:“我先生爱打喷嚏,我设计了这张画,打喷嚏把东西都打翻了。”说罢笑了,我们听了也笑起来,并评价说“真有创意”。我们又看了另一张画,上面画的是几棵白色树木,她又解释说:“年轻时我们看了不少苏联小说,我喜欢白桦树。”我们恍然大悟。

更让我们惊奇的是,她的房间里还挂着她大学时期驾驶摩托车的大幅照片。她是我们班女同学中身材最高、最棒的,被选拔去参加大学摩托车队,后来因为她驾驶出色,还当了副队长。一张是她头戴盔帽、身着驾驶装的正面照片,另一张是她雄赳赳驾车腾空的照片。她有点动情:“永远忘不了那会的事。”我们似乎看到她的心。

我们说话间,一位个子高挑、头发曲鬈的外国人走进来,她忙介绍说:“这是我的先生。”我们起身与他握手。原来她的先生是美国人,也在约克大学任教,讲授西洋文学和中国文学的比较,不过现已退休。她先生是和朋友一起吃饭后回来的。“他整天就会看书。”她补充介绍。我们悄悄问她先生是否懂中文,她摇了摇头。果然,他先生和我们寒暄几句后,就进到隔壁书房看书去了,那间房四壁的书架上堆满了书籍。“不过他很幽默。”她讲了一个笑话,她先生去北京,到一家鞋店买鞋,看到一双满意的鞋后，就对售货员说："我能尝尝吗？"售货员笑得转过身去。她解释："英文的'尝尝''试试'都是一个词。"

这天我们离开时，她又一次核对了老同学的住址、E-mail 和家里情况，说她会与他们联系。我们把见到她的情况，通过电邮告诉了在国内的老同学，他们都说，找到了真不容易，以后可不要再断了联系。

文中说的"她"姓崔，姑隐其名，英文可叫"Sue"。我们班 20 个人，除 2 人去世外，在世的 18 人现都已 80 岁左右，除北京外，分散在上海、南通、长春、哈尔滨、丹东，还有 1 人在悉尼。人生之路，各不相同，千差万别，但谁也没有忘记半个多世纪前同班的情景。原来只差 1 人未找到，现在总算齐了，都联系上了，终于如愿。

（2013 年 8 月 11 日）

神奇的冰川

今夏来多伦多探望女儿一家，没想到女儿早已订好了去温哥华的机票，要带我们到洛矶山脉一带去旅游。我高兴地打开地图，寻找洛矶山脉的地理位置，发现洛矶山脉地区有许多国家公园和省立公园，如班芙、杰士伯等国家公园，覆盖着大面积的冰原和冰川，我暗想，这回登上冰川的梦想真的要实现了。

我们在温哥华登上旅游车，第二天上午即进入班芙国家公园，远远看到公园的西北角有一片白色世界，导游告诉大家，这就是洛矶山脉17个冰川之一的哥伦比亚冰川，上面像高原的部分叫“冰原”，流下来的部分叫“冰河”或“冰川”。整个面积大约325平方公里，厚度100～365米，每年降雪量约7米，成为洛矶山脉中的第一大冰原，也是地球上除了北极之外最大的冰川，成为世界自然遗产之一。该冰原和冰川形成于远古时代，由于地处高原，靠近北极，年复一年被冰雪覆盖，高海拔的低温大于夏季的融雪量，于是形成冰原和冰川。不过，哥伦比亚冰川从1844年即开始消融，渐渐消融的冰雪汇成多条河流，向北流入北冰洋，向东流入大西洋，向南向西流入太平洋，所以该冰川也是几大洋的分水岭。

我们看着这个巨大的冰体，盛夏的炎热立即化为乌有，大家都在夏衣外面套上厚厚的冬装，本来就怕冷的我则穿起羽绒服，戴上羽绒帽，跟随大家从旅游车上下来换乘转运车，再换乘一座大轮胎的雪车，据说这种雪车一辆价值75万美元，一个一人多高的大轮胎即价值5000美元。技术高超的司机驾着雪车从陡峭的山坡上向下缓缓开去，直至冰川脚下。大家下了车，女儿搀扶着我，女婿搀扶着我的丈夫，开始踏上冰川。这时已近中午，太阳直射，在凹凸不平的冰川上不时踩上水洼，不小心整个脚会陷入水洼中，冰面又滑，所以我们小心翼翼地前行。外孙女可不管这些，只见她拿着空水瓶，跟着一些年轻人，飞奔上冰原，去灌最纯净的冰水。我们看到冰川的边缘上都有着长长的冰沟，里面流淌着碧蓝的清水，真想蹲下捧着喝一口。但导游告诫大家，在冰川上可不能随意乱跑，据说几年前一位日本游客出于好奇踏入冰沟中，陷下去再也没有上来。所以我们赶紧将上到远处冰原上的外孙女叫下来，这时她已灌满了一瓶冰水。导游说，随着全球气候变暖，冰川消融，这里的净水资源已变得格外珍贵。

我们看到冰原和冰川的交界处中央高高地树立着一面加拿大国旗，旗子上的红色枫叶与这片白色世界交相辉映，红白分明，显得格外漂亮。大家纷纷在飘扬的枫叶旗下合影，我们全家也在这一特殊的美景中留下了永久的纪念。

（2013 年 8 月 22 日）

多伦多的“庙会”

一个艳阳高照的周末上午，女儿一家带我们去不远的一个公园，看那里举行的“排骨节”。我们听到这个名字感到很新奇，在中国从未听说过有这种节，这引起我们很大兴趣。

这个公园实际上是一片偌大的草坪，有许多高大的树木，中间有条条林荫小径，我们常到这里来散步。而今天，这里完全变了样，一点都看不出是我们常来散步的公园了。许多志愿者在指挥着停车，我们寻找着入口，只见里面搭着一排排的白色帐篷，走进去一看，每个帐篷里都摆满各种艺术品、生活用品，动画片中的小动物被做成大个儿的毛绒玩具，一个挨一个地悬挂在帐篷之上。此时，入园的人越来越多，我们只是走马观花地走出这个区域。这时出现在眼前的是一个游乐场，里面有各种类似惯性列车模样的空中游戏设施，许多儿童在上面尖叫着玩耍。我想，不是说“排骨节”吗？怎么不见制作排骨的摊位呢？

正想着，我们走进了另一个区域，远远就闻到炸烤排骨的香味，顿时我的肚子“咕噜噜”地叫起来。眼前看到，一溜高高竖起的招牌，招牌下面是一个个临时搭起的店铺，店铺前面是一个个摊位，都在炸着或烤着鲜嫩的排骨。

每个摊位前面都有一张桌子，桌子上摆放着许多该店曾经得过的奖杯、奖牌和奖状。人们在每个摊位前排起长短不一的队，等待购买刚刚做熟的排骨。女婿选了一个最长的队排在后面，大概人们都认为这里的排骨最好吃吧。等在旁边的我们发现后面大片树荫下，整齐地摆放着一排排白色长条桌椅，买到排骨的人都在那里用餐，我们也走到里面找了一排空桌坐下等候。

这时来了三个志愿者，往我们的桌子洒上消毒水，用抹布擦得干干净净。女婿也买完排骨，端着几个大餐盒过来，打开一看，不仅有红色鲜嫩的排骨，还有大块烤鸡。外孙女随后也端来一个大盘子，上面是一个切成花朵形状、炸成焦黄的洋葱，盛开的“花朵”中间放着一盒奶油调料，像花心中的花蕊。这种新奇的做法实在惹人喜爱，我先生立即拿出相机将它拍下来。我们全家在这个环境优美、凉爽宜人又热闹喧哗的地方吃了一顿香嫩可口的午餐。视肉为最爱的我的先生就更是酒足饭饱，满足而归。

这使我们自然而然地想到北京我们住家附近的龙潭湖公园，每年春节期间都举办盛大的庙会，看到的多伦多公园中的排骨节感到真像北京的庙会，只不过规模小得多。所不同的、令我们感叹的是，多伦多“庙会”热闹而有秩序，人多而不拥挤，饮食区配有大片干净卫生的桌椅，为游客用餐提供方便。这一切让游客感到悠闲自在，舒适温馨。北京的庙会盛大热闹，内容丰富，除设有全国各地的饮食小吃、土特产品、生活用品、书画音像等众多摊位外，还有来自全国各地的富有民族特色的文艺和体育表演、各种娱乐游戏，等等，让大人孩子们玩儿个痛快。所不足的是人多拥挤，显得杂乱无序；公园虽大，但也无处设置那么多桌椅供那么多游客用餐，人们只能人挤着人，站在摊位周围，吃着新疆的羊肉串、北京的灌肠、天津的大麻花、广西的炒米粉……中国人对此种场面都习以为常，不管天多冷、人多挤，照去不误。

当然，人口多少是一个原因。加拿大全国人口才3000多万，而中国一个北京就有2000多万人，其中四五百万是外地人，尽管春节期间北京有多个公园举办大规模庙会，但没有一处能像多伦多排骨节那样让人悠闲自得。

记得我们十几年前去过一次龙潭湖公园庙会，我和先生刚一入园就被挤进人流，人夹着人艰难前行，从此我们再也不想去凑那个热闹了。

（2013年8月25日）

韩提升与俄越关系

韩国总统朴槿惠绕开日本，前往圣彼得堡参加G20峰会，并对越南进行国事访问，不仅打破韩国总统历史上就任后出访美国、日本、中国和俄罗斯的顺序，而且凸显了韩国对与俄罗斯和越南关系的重视。

朴槿惠这次出席G20峰会，开始了她就任后的多边外交行程，也是她“欧洲外交”的起步。在繁忙的多边外交日程中，朴槿惠与普京总统举行了首脑会谈，就双边关系和经贸合作问题广泛交换了意见。这样朴槿惠在就任后，先后与奥巴马、习近平、普京举行了会谈，除日本外，韩国大国外交已基本完成。

自1990年9月韩苏建交后，韩国就重视发展与俄罗斯的关系，并把它列入大国外交之中。这不仅因为俄罗斯是世界大国，地位和实力重要，而且韩国自身对发展双边关系也有需要。但建交后直到20世纪末，韩俄关系一直发展不畅，主要是俄政局不够稳定，后又发生金融危机，影响了双边关系特别是经贸关系的发展。2001年普京总统访韩和2004年卢武铉总统访俄后，两国关系进入一个新阶段。现在双方年度贸易额已突破100亿美元，预计在三年内达到200亿美元。双方在石油、天然气、航太领域开展合作，更为双方所重视。这次朴槿惠与普京会谈，重点讨论了韩国参加俄远东地区开发以及北极航道和港湾建设等经济合作事宜。俄是朝核六方会谈之一方，主张朝鲜应放弃核武器开发，也是韩国重视与俄关系的一个原因。会谈中，普京还原则答应将访问韩国。

韩越1992年12月建交，越南是与韩国建交的最后一个社会主义国家。历史上韩国曾参加美国的侵越战争，派兵达几十万，成为双边关系中的一个心结。对此，2001 年韩国总统金大中访问越南时，曾在正式讲话中称那是“违心之举”并向越方表示歉意。建交之后，特别是越南改革开放以来，韩越关系发展很快，合作不断加强，韩国已有 1300 余家企业进驻越南。

这次访问，朴槿惠总统与越南国家主席张晋创举行了会谈，发表了联合声明。两国元首商定进一步巩固 2009 年建立的战略合作伙伴关系，在国际事务中密切合作。据悉越南计划在 2030 年前建成 10 个核电站，韩国希望能够参与其中两个核电站的建设，总价值约合 100 亿美元。越南还希望韩国公司支持开发火电建设，预计韩国企业有望在越南南部建立两个 1000 兆瓦的煤热发电厂，造价达 36 亿美元。

朴槿惠十分重视这次访问越南，因为越南是她就任后除美国、中国、俄罗斯外出访的第四个国家。这次访问，朴槿惠带领了由 79 名韩国企业家组成的经济使节团，超过访问中国时的 72 名，历史上最大。访问期间，朴槿惠觐拜了胡志明墓，向当年被其父朴正熙视为“敌人”的越南国父敬献了花圈，凸显其胸怀的宽阔。她还访问了韩国企业进驻最多的胡志明市，也是九年来访问该市的韩国最高领导人。

朴槿惠这次出访，与普京举行了元首会谈，除日本外，完成了韩国大国外交的目标；会见了张晋创主席等越南领导人，深入讨论和规划了双边经贸合作的发展，掀开韩越关系新的一页，可以说一石两鸟，满载而归。

（2013 年 9 月 14 日）

甜美冰酒

这次随温哥华华人旅行团去洛矶山脉旅游，有幸参观了一个葡萄酒厂，该厂主要生产冰酒。据介绍，加拿大有四大国宝：三文鱼、西洋参、枫叶汁和冰酒。原来冰酒是加拿大的国宝，也是加拿大的国酒，我以前真是小看它了。前年外孙女回国度暑假，给我们带回冰酒，细长细长的瓶子，样子很奇特，我们就随意将它放到客厅的酒柜里当摆设。我是不喝酒的，我的先生则视酒如命，最好喝茅台，最次也要喝北京的二锅头，这样一个细长瓶子的甜水，他根本不放在眼里。于是细长瓶子就在我们的酒柜里站了两年，无人问津。

既然冰酒是加拿大的国酒，我们就抱着一种好奇的心情，随旅游团的大队人马走进了葡萄酒厂。销售部的长案后面，站着两个在酒厂工作的中国小伙，顿时给人一种亲切感。他们将 40 多只明亮的葡萄酒杯整齐地一字儿排开后，开始给大家介绍关于冰酒的制作。冰酒最初产于德国，后来传到奥地利，但现在加拿大的冰酒产量大大超过这两个国家。冰酒独特而稀有，被誉为"液体黄金"。加拿大的冰酒产量占世界的 80%。带有"VQA"标志的加拿大冰酒驰名世界，成为美国总统、英国女王等的国宴用酒。

冰酒生产工艺复杂，原料是葡萄。加拿大每个葡萄酒庄周围都有大片葡萄园，每年 12 月至次年 1 月气温降至零下 8 度，凌晨时分采摘冻至凝固的葡萄，用来压榨制作，冰酒的名字也来源于此。在加拿大，东部安大略省的气候更适宜制作冰酒，该省的冰酒产量占加拿大的 75%。小伙介绍说，生产一瓶冰酒要用 10 公斤葡萄，因为要脱水，使汁液的糖分和果酸更加浓缩，增加酒的甜度；而制一瓶普通红葡萄酒只用

2公斤葡萄就足够,由此可见冰酒之珍贵。冰酒的度数不是很高,通常为十一二度。如果暂时不喝,必须将酒瓶放倒,这样可以保存十年以上。如果开瓶没有喝完,可将剩下的酒盖好,放入冰箱,可保存一个月。

小伙介绍完后,拿出一瓶浅黄色的冰酒,往每个杯中倒一些,让大家品尝。品尝前,先让我们将杯子倾斜放一会儿,再正放过来,看杯子上有无酒滴挂杯,如有,就是纯正的冰酒,否则即不纯正。我们都照样作了试验,果然有酒滴挂杯。这时中国小伙请大家开始品尝,果然香甜可口,沁人心脾。

冰酒的价格不菲,白冰酒一瓶88加元,红冰酒104加元。尽管如此,团内有一对从美国来的老夫妇,还是一下子买了12瓶,可见对冰酒的喜爱。我又想起北京家里酒柜中的冰酒,突然感到它是那么珍贵。

(2013年9月18日)

四十年变迁感怀

随旅游团从多伦多出发，我又来到纽约曼哈顿区，乘观光船游览纽约海港。我曾经来过这里，也曾乘船游览，但光阴荏苒，竟然过去了四十年。回忆历史变迁，不禁感怀万端。

1973 年 9 月，我曾来过纽约，参加联合国讨论朝鲜问题。那是联合国第一次把朝鲜问题列入议程，也是朝鲜、中国等国家坚持不懈争取的结果。我那时在中国外交部亚洲司任职，主管朝鲜半岛事务，又懂朝鲜语，于是就被派往纽约参加联合国关于朝鲜问题的讨论。当时中美还没有建交，但双边关系已开始松动，尼克松总统已经访问过中国。中国驻联合国代表团利用这个形势，对美国开展了工作，避免了两个针锋相对的议案付诸投票表决造成尖锐对立，而是通过举手表决方式，通过了解散所谓“联合国韩国统一复兴委员会”决议，可以说取得了初步成果。记得在紧张工作之余，我们曾乘船游览纽约海港，当时我们男士都穿着深色中山装，女士都穿着深色套装，无论在码头等船时还是登船之后都很扎眼，与穿着五颜六色的外国人有鲜明的差别。当时中国还没有改革开放，墨守着传统模式，也只能忍受着内心的不自在。又过了六年，中国终于打开了国门，走上改革开放道路，中美也正式建立了外交关系，世界面貌由此发生巨大变化。

我还想到当时中国与韩国的关系，与今天迅速发展的中韩关系相比，不禁觉得可笑。当时朝鲜问题在联合国第一委员会讨论，每次进入会场，我们都从韩国代表团身边经过，但视若不见，不打招呼，更不寒暄。韩国代表团对我们也是如此。中国与韩国的关系，当时是互不承认、互不来往，没有任何松动。特别是在联合国，双方代表团更是严守外交纪律，因为双方在讨论中互为对手，要争个高低。直到20世纪80年代初，也就是又过了近十年，中国根据国际形势和朝鲜半岛形势的变化，调整了对韩国的政策，中韩关系才有了松动。最初只在国际多边活动中接触，后来扩大到民间直接贸易，相互在对方首都设立了代表处，再后来韩国和朝鲜同时加入联合国，中韩开始了建交谈判，这个过程又用了近十年。1992年8月，中韩正式建交，结束长期隔绝的不幸时期，掀开双边关系新的一页。记得我出使韩国期间，一次活动中曾遇到韩国前外务长官朴东镇，他1973年曾任韩国代表团团长，参加联合国讨论朝鲜问题，我曾在他面前走过而未与他寒暄。提起往事，两人都笑了起来，不约而同地说："无可奈何，这就是历史！"

我还想到居室书房挂着的一张照片。四十年前我到纽约，在乘船游览纽约海港时，我倚在船舷上，以世贸大厦为背景，留下了一张纪念照，这张照片一直挂在我的书房，几次搬家也保存完好。所以如此是因为我想，我再不会有机会去纽约，去这个世界最大的城市。谁知意外的事情发生了，2001年9月的一天，下午我去参加一个中韩研讨会，晚上与老朋友韩国前外务长官韩升洲、前财务部长官司空壹一起吃饭，就在我们吃得高兴之时，纽约世贸大厦遭到恐怖袭击，瞬间这座宏伟建筑被彻底损坏。晚饭后我回到家里，从电视中看到这个惨烈的画面，世界闻名的建筑化为乌有。我永远记住那是9月11日，世界也永远记住那一天。由此我更加珍惜书房挂着的那张照片。现在，四十年之后的今天，我又站在纽约海港的游船上，迎着海风，倚着船舷，举目四眺，纽约这座世界级城市，高楼林立，风光依旧，唯一的变化是昔日的世贸大厦已不复存在，但取而代之的一座100多层的新建筑正在拔地而起，顶端已矗入云霄，它将成为纽约的新地标。

回顾历史，思绪万千，感叹岁月的流逝和世界格局的变化；展望未来，对风云变幻的世界明天，更寄予无限的期望。

（2013年9月21日）

“六方会谈”无可替代

在纪念六方会谈开启十周年的时候，舆论出于对朝鲜半岛的和平与稳定的关切，对会谈的经历和前景多有关注和报道，这是很正常的事情。笔者也愿就这个问题，发表一些个人的看法。

回顾历史，关于朝鲜半岛的多边国际会谈，曾有过正式或非正式的多次考虑。20 世纪 70 年代，中朝之间曾就举行中美朝韩四方会谈交换过意见，但当时中美还没有外交关系，中韩也相互不承认，条件不成熟只能作罢。同一时期，美国曾提出交叉承认设想，即中国承认韩国，美国承认朝鲜，但中国分析国际形势和朝鲜半岛形势之后认为，时机尚早，没有接受。1977 年，美国卡特总统访问韩国，与韩国一起提出举行美、韩、朝三方会谈建议，但朝鲜认为韩国作为一方不妥，加以拒绝，也未谈成。直到 90 年代后期，经过反复磋商，中、美、朝、韩终于坐到一起，举行关于朝鲜半岛问题的四方会谈，但谈了没有几轮就无果而终。而十年前开始的六方会谈，尽管遇到不少困难和周折，会谈也中断较长时间，但没有哪一方对复会加以否定。曾不止一次宣布退出六方会谈的朝鲜，现在也表示，愿与各方一起，为六方会谈早日复会做出努力。

朝鲜半岛地处东北亚，牵扯到各方利益，十分复杂敏感。各方所处的地位和环境不同，有不同考虑和想法也很自然。但参加六方会谈的中、美、俄、日、朝、韩，无论历史上还是现实中，都与朝鲜半岛密切相关，对如何处理朝鲜半岛问题也有发言权，因此坐在一起讨论半岛无核化问题十分得当。而且实践表明，六方会谈曾就朝鲜放弃核武、各方承担义务达成协议，取得了公认的成果。这有力地说明，六方会谈是实现朝鲜半岛无核化的有效途径。这也正是中国坚持六方会谈的原因所在。

舆论中有人认为，中国反对其他形式的双边或多边会谈，这是一种误解。六方会谈初期，在六方会谈的框架内，就曾举行过双边会谈。如果现在否定六方会谈，其他形式的会谈又一时谈不起来，那么朝鲜半岛实现无核化、从而带来和平稳定的目标就会前程渺茫。

中国坚持六方会谈，不是因为中国是主席国，而是出于对这个地区和实现朝鲜半岛无核化的战略考虑，也是出于朝鲜和平稳定有利于东北亚乃至亚洲的繁荣与发展的考虑。现在六方会谈复会遇到困难，主要是美国设置了“弃核”的先决条件，而朝鲜拒绝接受。

今年以来，朝鲜表现了某种灵活性，从宣布退出六方会谈转为承认六方会谈，并为早日复会做出努力。在此情况下，美国也应该采取某种行动。韩国和日本与美国同一立场，但又有所区别，特别是韩国，并未突出“弃核”先决条件，而是主张对话解决问题。俄罗斯主张朝鲜半岛无核化和六方会谈早日复会，立场十分明确。会谈之前就设置先决条件是不可取的。

目前朝鲜半岛局势走向缓和，是六方会谈复会的一个好时机。中国外长王毅近日在中国国际问题研究所举办的关于六方会谈“回顾与展望”的研讨会上致词，呼吁各方相向而行，促使六方会谈早日复会，并在未来的会谈中，切实关注各方的关切，以高度的智慧和灵活性，为实现朝鲜半岛无核化和长治久安，谈出成绩，谈出结果。我们对此寄予希望。

（2013 年 9 月 21 日）

有别于父亲的朴槿惠

朴槿惠总统访问越南，出人意料参拜越南国父胡志明的陵墓并敬献花圈，令人惊讶之余不能不深思。

韩国和越南1992年建交，掀开两国关系新的一页。但两国关系中有一道坎儿需要越过，也可说是一个心结需要解开。两国关系中曾有过一段不幸的历史，那就是20世纪六七十年代，当时韩国朴正熙总统执政，曾参与美国侵越战争，派兵达几十万。这段历史牵涉两国关系的深入发展，牵涉韩国当时的外交政策，更牵涉如何评价朴槿惠的父亲当时在此事上的所为，成为一个复杂微妙但又不能回避的问题。

1998年，在野党出身的金大中总统访问越南，首次涉及这段历史，他在一次讲话中谈到，当时韩国所为"并非出于本意"，并对由此给越南国民带来的痛苦"表示遗憾"。此事在韩国政界和舆论界引起不小的风波。朴槿惠当时也表示了不同的看法，并质疑金大中忘记了"牺牲的英烈"，给人的印象是她在维护她父亲的"声誉"。

然而十几年之后，到2012年，朴槿惠经过深思熟虑，对于这个关系到她父亲的敏感问题，她站到了客观评价历史的高度。在总统竞选中，朴槿惠对在朴正熙时期曾无辜受到不公平待遇或受到迫害的人士，公开出面道歉，这或许是她成功当选的一个因素。现在，她在访问越南期间，又勇敢地站在曾被其父视为"敌人"的胡志明墓前，一袭素装，神情凝重，献了用韩文和越文写有"韩国总统朴槿惠"字样的花圈。她虽始终一言未发，但她的行动已充分表明其中的深意。

这些年来，韩越关系发展很快，已有1300多家韩国企业进驻越南，两国之间的交流与合作也日益频繁。这次朴槿惠访问，与越南领导人主要就双边经济合作问题交换了意见，达成不少共识。双方强调巩固已建立的战略合作伙伴关系，加强在国际事务中的合作，共用韩国在发展核电方面的经验。据悉，越南拟在2030年前建立10个核电站，韩国企业准备以它的优势，在多国竞标中争取到尽可能多的份额。韩国还决定帮助越南兴建火力发电厂，建立一个科技研究机构，修建一条公路，并共同研究开发部分零配件项目。韩越关系发展呈现良好势头，需要扫除一切障碍，朴槿惠这次访问非常适时。

访问越南期间，朴槿惠除参加会见、会谈、欢迎仪式等正式活动外，还出席了韩越双方共同举办的时装表演，并穿上华丽的韩服，登上T台致辞，显示出她无比的亲和力。她参拜胡志明陵墓的初衷，越南方面心领，国家主席陪同前往足以说明。朴槿惠继承了父亲发展经济、建设强盛韩国的遗愿，但又敢于对她父亲当年的决断作出新的结论，通过这次访问，不仅加强了与越南的友好合作关系，也展现了她的宽广胸怀和超人的胆识。

（2013年9月25日）

开城工业园区重开的启示

经过 166 天的暂时关闭，韩朝通过艰苦的多轮谈判，终于就开城工业园区重开达成协议，9 月 16 日试运营取得成功。与此同时，韩朝西海军事热线也于日前恢复，韩朝和解由此迈出第一步。人们说，开城工业园区是韩朝关系的晴雨表，不无道理。通过此事，就韩朝关系而言，笔者认为，可以得到颇多启示。

其一，相互敌视，两败俱伤。今年年初，朝鲜半岛局势骤然紧张。这是因为朝鲜进行了第三次核试验，引起人们的不安；韩国与美国合作，举行大规模军事演习，加剧了半岛局势。一时间韩朝关系剑拔弩张，颇有发生事端之势。韩朝两国政治体制不同，思维理念各异，而且长期处于分裂，相互对立不可避免。但随着国际局势的变化，韩朝之间也曾出现过交流与合作热潮，和解局面一度占据主导。韩朝相处中，应该力避相互敌视，更不能轻易以武力相威胁，否则只能带来严重后果：相互威胁升级引起擦枪走火，或情急之下招致局部事端，两败俱伤。

其二，和解宽容，留有余地。韩朝相处中，任何时候都要包容对方，不争一时一事高低。今年 4 月，朝鲜以半岛局势紧张为由，宣布关闭开城工业园区，赶出韩国企业人员，撤出了朝鲜工人，多亏是“暂时关闭”，留了一条后路。韩国经济上虽受到巨大损失，但仍坚持通过对话解决园区问题，促成了双方的对话谈判。今年 8 月，也就是园区关闭后 4 个月，朝鲜经过十几天慎重考虑作出决定，解除对园区暂时关闭措施，允许韩国企业人员返回园区，保障他们来去自由和人身安全，同时安排朝鲜工人返回园区，这就为园区的重开开了绿灯。在事关开城工业园区是否能重开的第七轮会谈中，韩国也作出一些让步，没有再在关闭园区的责任问题上纠缠，促使双方就园区重开达成协议。

其三，对话协商，解决分歧。开城工业园区在朝鲜境内，2004 年建成，是韩朝合作的积极成果。园区规模可观，韩国 100 多家企业进驻，朝鲜工人达 53000 多人，每年产值数亿美元。园区运营由韩朝双方派人参与，本来在工人工资待遇等问题上就存在分歧，半岛形势紧张后，双方矛盾更加突出。但园区正常运营对双方都有好处，谁也不彻底关闭它。朝鲜宣布解除关闭措施正是出于此，韩国虽做好不得已关闭时由政府承担企业损失的准备，但也不希望把它关闭。在七轮谈判中，韩朝代表虽然分歧不少，但通过真诚沟通和互谅互让，终于就园区重开达成协议。这说明通过对话协商，可以走到一起来。今后在开城工业园区运营中，韩朝之间如果产生分歧，也只有通过真诚的对话来加以解决。

在开城工业园区试运行仪式上，韩朝方面还表示，希望今后中国也来园区投资，笔者认为，只要园区运行稳定，这种可能性是存在的。我们希望，开城工业园区在韩朝合作的基础上，外国资本能够逐步加入，使其发展成为一个国际合作的平台，人们期待着。

（2013 年 9 月 28 日）

美防长访韩意欲何为

美防长哈格尔近日访韩，参加韩国建军六十五周年和美韩军事同盟六十周年纪念活动，韩国给予高规格接待，引起国际舆论的广泛关注：这次访问到底能为朝鲜半岛带来什么？

综观各项活动，美防长访韩，首先是为了向朝鲜施压。哈格尔到达次日就去非军事区视察，看望美韩驻守人员。他在视察中对记者表示，朝鲜半岛是世界上唯一可能发生战争的地方，非军事区不能有丝毫失误，驻韩美军已做好随时打仗的准备。在当晚出席美韩结盟六十年晚宴上，他又谈及此事说，朝鲜不仅对韩国构成威胁，也对该地区和美国本土构成威胁。哈格尔所言虽是美国的既定政策，但来到韩国甚至前沿地带发表此番言论，刺激性之大不言而喻。

美防长访韩，还是为韩国撑腰打气。哈格尔高度赞扬韩国的发展，他说，六十年来，韩国在经济和军事方面都发展成为一个大国，美韩两国超越国境和地域而构建了全球伙伴关系。韩美同盟是在战火中通过流血牺牲铸成的，现在比以往任何时候都要强大。繁荣富强的韩美两国在这个地区和全世界并肩前行的话，可以做出很多贡献。访问期间，韩美举行了第四十五届韩美安保会议，正式签署了共同应对朝鲜核威胁的"针对性遏制战略"计划。韩国政府主张对朝保持牢固的安保基础，在军事上特别需要美国的坚定支持，此次访问使韩国面对朝鲜的挑战底气更足。

韩国对美防长来访给予高规格礼遇。朴槿惠总统 9 月 30 日在青瓦台会见了哈格尔，当晚还陪同他出席了美韩军事结盟六十年纪念宴会。10 月 1 日建军日当天，韩国破例举行盛大阅兵仪式，展示各种自制的导弹等先进武器，朴槿惠在阅兵仪式上要求韩国军队进行革新，成为世界上更强大的军队。哈格尔应邀参加了阅兵活动。对于哈格尔访韩的言论，朴槿惠也作出了呼应，她说，韩美关系应成为朝鲜半岛统一和这个地区发展与繁荣的东北亚轴心，防范朝鲜必须维持韩美联合防卫体系，并呼吁朝鲜放弃核武器。

但是，通过这次访问，也可看到韩美之间在一些问题上仍存在分歧。据青瓦台秘书透露，在与朴槿惠会见时，哈格尔提出，在构建韩美日三方安全合作方面，希望韩国改善与日本的关系，调整包括两国历史问题在内的各种现实问题。朴槿惠对此表示，在历史和领土问题上，日本领导人作出的历史倒退性发言使双方无法形成信任关系。她强调，慰安妇问题到目前仍没有得到解决，受害人饱受痛苦，但日本不仅没有道歉，甚至还在她们的伤口上撒盐，这让韩国国民感到愤怒，因此韩日领导人无法坐在一起举行会谈。不过，她也表示，感谢美国政府为解决这些问题而给予的关注和努力，希望今后美国能继续发挥作用，使日本能获得周边国家的信任。另外，在韩美移交战时作战指挥权问题上，双方存有分歧，也没有达成协议。

美防长访问韩国，是韩美双方互有需要的一次访问，但对当前出现和缓迹象的朝鲜半岛局势很可能带来负面影响，令人不能不忧虑。

（2013 年 10 月 3 日）

市井多伦多

在多伦多市探亲，我们经常注意观察加拿大人民生活和社会状况，虽然挂一漏万，零零碎碎，但对了解这个国家的某些方面或许是有所助益的。

图书馆遍布全市

七年前第一次来女儿家时，发现住家附近有一中型图书馆，环境清洁而幽静，明亮又凉爽。我和先生常到里面看书，累了就坐在沙发上休息。三年前第二次来多伦多，女儿搬了家，新家附近又有一座图书馆，比先前那个大一些，里面还有几个中文书架，多是中国大陆和台湾的现代文学著作，我们时常借几本拿回家阅读。后来我们去的地方稍多了些，发现在多伦多市，无论住在哪里，附近都有一座图书馆，有的为了便利而设在大型购物中心里面，可以说图书馆遍布全市。各处图书馆式样也很相似，都是单层建筑，深褐色砖墙，显得庄严而文雅，即使不看墙上的“library”字样，也能认出是图书馆。

今年我们又来到多伦多，抽空去了几座市中心的大型图书馆，藏书之多，令人惊叹。图书馆有许多便民措施，其中一项就是可以在网上借阅你想看的书，网站负责到各图书馆查询，然后将书送到你所指定的住家附近的图书馆，阅读完毕将书还到附近图书馆就行，赶上休息日图书馆关门，可将书放入图书馆墙外的还书窗口中。每次借阅三个星期，如没读完，可在网上续借，保证有足够的阅读时间。

升大学不考试

加拿大高中升大学没有高考这个环节，但高中阶段考试很多，学业要求严格，大学根据学生高中成绩录取，成绩不好的学生无法升入大学。三年前，外孙女在多伦多读完高中，在升大学志愿表中填报了多伦多大学（简称“多大”）电力工程学院等几个大学的不同专业。经考核，多大认为她的高中成绩符合要求，即录取了她。她高中的其他同学也都根据自己的高中成绩填报志愿，及格者被不同大学录取。升入大学后，要求更加严格，为完成学业挑灯夜战是家常便饭。学期末将全年考试成绩综合计算，如不及格即被留级甚至除名。

工科专业读完三年级后，学生自找实习机构，实习机构根据学生在校成绩决定是否接受，如无机构接受，即不能继续学习和毕业。如今外孙女已读完三年级，正在一家公司实习，一年后回学校读四年级，之后毕业。如原实习公司需要，她也愿意，毕业后即可去该公司成为正式职员。所以从高中升入大学，虽无考试，也非易事；升入大学后，更不是一劳永逸，必须刻苦努力，才能获得一张宝贵的毕业证书。

物资丰富多样

每天吃饭是必不可少的，我们隔三差五就随女儿去超市购物。多伦多的大中型超市包括西人和华人的，总共有几百个，每个超市都宽大而敞亮，整齐的货架上，各种食品琳琅满目。拿果蔬来说，长长的货架，来自世界各地的各种果蔬，鲜亮可人，诱人购买。每次我们都要买回几大袋蔬菜、水果及新鲜的肉类和海鲜。

超市内有许多便民措施。无论是大型或中型超市前，都有很大的停车场。购物时除有手推车、手提篮外，还有装有轱辘的菜筐，便于老人们拉着走。多个交款台中，有一个专为买少量物品的顾客设置，避免排长队等候。

这里许多家庭都自己动手装修房子，女儿女婿也是自己装修，他们只去一家大型建材商店即可买到几乎一切所需物品，还可以租用各种装修所需要的大小工具。这就节省了许多跑路时间，还能节省不少购买装修工具所需的费用。

环境舒适优美

多伦多全市遍布公园,可以说整个多伦多市就是一个大公园。凡马路两旁没有建筑物的地方,大都有大片绿地和树林,林间有散步的小径,有的树林深处还有小桥流水,植物多为自然生长,景物也少有人工修建,这些地方被称为“公园”(park)。这种公园到处可见,是人们休闲、运动的好去处。还有一种公园虽然也有自然的树林草地,但也有可观的人工培植的花草景观,鲜花盛开的季节,景致美不胜收,这种地方被称为“花园”(garden),有的属政府管理,有的则是私人所有。此外,这里还有一种风情,就是在大片的独立住宅居民区内,每家门前都有草坪和树木,各家自行剪草和护树,很多家庭还在草坪上或房前屋后栽种各种鲜花,设置各种造型。我和先生每天早上在充满花香和绿茵的小街上散步,享受着优美的环境和新鲜的空气。

多伦多市紧靠安大略湖,从女儿家开车不到几分钟即可到达,坐在阳光明媚的湖边,远眺一望无际的碧蓝湖水,真是心旷神怡。常常可以看到,父母带着小孩在湖边戏水,年轻人在湖上玩儿帆板,也有一些家庭节假日驾着自家的游艇,从市中心的湖心岛,向着无垠的大海远航。

多伦多周边有许多建筑别致的小镇,规模不大,但商店、餐馆、旅馆、画廊一应俱全。一座座两三层的小楼,样式别致,颜色各异,显得温馨而舒适。我们曾去安大略湖边的一个小镇观赏,只见人们三三两两到湖边去休闲,沙滩上有男孩女孩们比赛沙滩排球,还有一些艺术家在沙滩上堆出各种沙雕造型。我们还去过另一个湖边小镇,看到树林中有许多老人,正展出自家祖传的各式各样的老式汽车,足有上百辆,有的是20世纪初制造,每辆车都擦得干干净净,光亮如新。据介绍,他们只是爱好汽车,每年都拿出来展示一下,互相交流,自得其乐。

保障老年福利

来多伦多,我们常看到一些年岁大的人开公交车、做服务员、当邮递员、做环卫工等,还有年近八旬的老教授仍在讲台上开新课。后来了解到,加拿大政府没有规定退休年龄,个人可以根据自身情况决定何时退休。年满67岁,就有资格申请领取养老金。如果你还想继续工作,工资收入低于养老金，政府会将差额作为养老金补给你。老人如无子女赡养或子女无暇照顾，可申请入住养老院或老年公寓。一次我们去一家老年公寓看望一对老年朋友，只见那家公寓内非常干净整洁，公寓外种有花草树木，内中食堂、图书室、游乐室、医务室甚至社区服务办事处一应俱全，其中一座楼专门照顾无自立能力的老人。那对老夫妇住一室一厅，有厨房可以自已做饭，有卫生间可以洗浴。医生定期来给检查身体，卫生间和卧室的床头均有紧急按钮，如有紧急情况发生，按下按钮，24 小时中都会有医务人员马上出现。公寓每星期都定期为老人们举办茶会等活动。他们的子女每月只交 200 多加元，其余全由政府补贴。据说这种老年公寓在多伦多市有不少，老人们说他们在这里生活方便、舒心。

残疾人可领取政府发放的生活费。我们在路上常常看到公交系统有一种残疾人车，是专门接送残疾人去医院、商场或探亲访友等外出活动的，这种车配备了专门供轮椅上下的通道。他们可以在家里打电话预约，残疾人车会按时到来，只需要支付一张公交车票作为费用。司机会照顾残疾人上下车，保证安全。

以上仅为个人粗略观察。任何一个国家皆不可能尽善尽美，如加拿大医院设备先进，服务周到，但急诊要等几个小时，预约要等几个月；又如交通便利、舒适，但票价比较昂贵；等等。但他山之石，可以攻玉，或许对别国有借鉴作用，这里就无须赘述。

（2013 年 10 月 8 日）

加拿大赏枫

记得今年6月底我们刚来多伦多时，出机场沿途看到浓绿的枫树，当时去迎接我们的女儿、女婿和外孙女就和我们约定9月驾车去枫叶大道赏枫，说届时枫叶会变成红黄橙绿，五颜六色，美不胜收。

日子过得飞快，转眼到了9月底。在一个星月未落的周末清晨，我们一家由女婿驾车，驶上了去著名的枫叶景区阿冈昆的大道。行程约300公里，车子飞速前行，天空逐渐泛红，快到阿冈昆时，已经旭日东升。“停车坐爱枫林晚，霜叶红于二月花。”唐代诗人杜牧描写的景色已呈现在眼前。公路两旁的原野上、山坡上，层层叠叠的枫树林，有变成金黄色的，有变成鲜红的，有的是橙红色、橘黄色、紫红色，有的仍然是绿色，中间夹杂着一颗颗绿松。真是姹紫嫣红，花团锦簇，使人目不暇接。

阿冈昆是一个面积达7725平方公里的广阔的森林公园，已有100多年的历史。园内的森林小径纵横交错，通往许多湖泊、丛林、沼泽、悬崖和滩涂。我们的车随着一些刚到的私家车不时在一些景点停下，顺着小径走入森林深处，边走边听到“沙沙沙”的落叶声，抬头一看，万紫千红的枫叶一簇簇、一片片正随风飘落，像红色的雪花落在我们的白发上，我和先生俯身捡了许多漂亮的枫叶，作为这次旅游的纪念。

公园中有许多大小湖泊，星罗棋布般地散落在公路两旁，有时我们在湖边停下，女儿拿起相机，灿烂的枫叶衬托着蓝天碧水，进入了她的镜头，当然我们这两个不服老的身影也不时在红枫下、在碧水旁成了她镜头中的主角。

旅游者逐渐多了起来，听见有人在丛林中喊，上面有悬崖，可以望见远处的红色山峦。外孙女不示弱，跟着许多年轻人像赛跑一样登上最高处，我们也慢慢跟上来，站在岩石上眺望远处的山峦，可以看到蓝天下层峦叠嶂的红枫，绘出天蓝叶红的美丽图画。正像明代诗人徐霖诗云："山远天高烟水寒，两岸楼台枫叶丹。"

记得在北京，每年深秋去香山赏枫也是登高远眺，所不同的是由于气候条件的差异，北京只有登香山才可赏枫。而在加拿大，一到深秋，红枫不只长在高山上让你可以看到，它还长在湖畔，长在河边，长在路旁，形成许多枫叶大道。最著名的是从魁北克到尼亚加拉瀑布的800公里的枫叶大道，多伦多、京士顿、渥太华、蒙特利尔等许多大城市都分布在这条大道上，它与蓝色的安大略湖相伴相行，形成碧波伴红叶的美丽景观。其实又何止枫叶大道，枫叶树就长在家家户户的房前屋后，长在我们的身旁。只不过加拿大境内的枫树品种不同，到秋季有的变色，有的不变色，不变色的绿叶衬托着变红变黄的各色叶子，才使加拿大的枫叶极具魅力，在全世界独树一帜。

加拿大的枫叶不仅有观赏价值，还有经济价值。糖枫和黑枫的含糖量很高，一棵十五年的枫树可连续产糖五十年以上。据说世界上只有北美地区的枫树可产枫糖，加拿大的枫糖产量占世界的85%。所以枫糖浆也就成为加拿大享誉世界的特产，成为加拿大四大国宝之一。枫糖浆可直接食用，也可用于烹饪调味或做糖果糕点。每年3月，加拿大各地都举办传统的"枫糖节"。有的枫树木材还可以做建筑材料、乐器及雕塑材料。

加拿大把枫叶作为国家的象征并将其作为国徽、国旗的图案，同时枫叶被定为国花。加拿大真不愧有着"枫叶之国"的美誉。我们正要踏上归途时，只见枫叶大道的路旁已排起望不到尽头的车队，除私家小车外还有大型旅游车，加拿大人及外国旅游者源源不断地来到这里，人们对红枫的热爱、加拿大人对红枫的深厚感情深深地感动着我，我的相机仍在不断地"嚓嚓"作响，游走在红色枫树下的我久久不愿离去。

（2013年10月21日）

在加拿大吃韩餐

加拿大与韩国相距万里，而且一个是西方国家，一个是东方国家，生活习惯和风情完全不同，但在多伦多市中心区，却有一条韩国街，街道两侧商店林立，还有不少韩国餐馆，可以吃到地道的韩餐，这是我之前无论如何也没想到的。

我是三年前来多伦多时知道有韩国街的，可能因为我曾在韩国工作过几年的缘故，凡与韩国有关的事，我都很感兴趣，于是我就迫不及待地去了韩国街。街道不长，有二三百米，两侧店铺一家挨一家，美容店、食品店、超市等一应俱全，不少店还挂有韩文招牌。韩餐馆有几家，我们选择一家较大的餐厅“韩国馆”，点了几样有代表性的韩食：烤肉、冷面、煎饼、泡菜等，味道还比较纯正。出来逛街，发现一家小吃店卖韩国核桃点心，韩国人操作，机器加工，色泽、形状和我在韩国看的一模一样，买了几个尝尝，味道也不错。那次去韩国街，收获不小。

更让我没想到的是，这次到温哥华，参加旅行团去加拿大西部旅游胜地班芙旅游，又吃到韩餐。那是旅游的第二天，导游小姐告诉我们，当天晚上到达住地在一家餐馆品尝韩餐，我开始以为听错，经核实无误后，我虽然高兴，但又不免产生几丝诧异：在这崇山峻岭的山区，怎么会有韩餐？然而出乎所料，在入住酒店前，我们确实在一家韩餐馆落脚，服务小伙给我们端上来的是传统的韩国拌饭，还有韩式泡菜和辣酱，啤酒自点。当晚久违的韩餐我吃得很是高兴，随后入住酒店又是一惊，韩国老板在门口迎接我们，握手问好时既说英语又说韩语，我感到亲切无比。原来这是一家韩国人经营的酒店，二层楼房虽按当地习惯是木板结构，但房间整洁清爽，宽敞舒适，仍保持着韩国服务传统。经了解，在这个偏远小镇，住有五户韩国人家，经营餐饮、旅店行业，维持较为充足的生计，我不能不佩服他们“无孔不入”的钻营精神。

离开多伦多回国前一天晚上，我们一家又来到坐落在韩国街上的KACHI餐厅，韩文为“喜鹊餐馆”。我们曾来过这里一次，吃得不错，所以又来。走进餐馆，只见顾客满座，我们只得在靠门处找个空位坐下来。这家餐厅布置东西合璧，桌椅韩国式，餐食韩国式，但布局又有几分西式，墙上挂着几个大型平板电视，播放着歌舞，进门处的吧台和高脚凳则完全是西方样式。我们刚坐定，大麦茶就送到面前。外孙女可能受了我的影响，喜欢吃辣的，点了一盘带辣味的绿豆煎饼；女儿和女婿点了猪骨汤；我和老伴分别点了石锅拌饭和烤肉刀削面。各式小菜上来后，所点食品也跟着送来。正当我们品尝着美味韩餐的时候，只见一位坐在吧台前高脚凳上的加拿大青年突然兴奋地站起身，口中不停地叫着好。原来电视荧幕上正转播加拿大人酷爱的冰球比赛，每当拼抢激烈和射门进球时，餐厅内的叫好声就高昂起来。餐厅内的顾客，不仅有侨居当地的韩国人，更多的是当地的加拿大人。我们在喧闹声中，在远离韩国的环境中，吃了一顿纯正的韩餐。

走出餐厅时，加拿大顾客还不断进入，街道上已灯火通明，十分热闹，“喜鹊餐馆”霓虹灯闪烁不停，招揽着食客。

（2013年10月29日）

独岛风波加深韩日裂缝

沉寂多时的韩日独岛领土纷争,由于日本方面10月23日在网上上映关于独岛(日方称“竹岛”)为“日本所有”影像而再次掀起波澜。

据日本NHK报道,日本外务省为了向海外宣传独岛是日本的固有领土,在网上播放一分半钟的影音短片,说明拥有岛屿的历史和国际法上的“根据”。韩国政府将日本此举视为对独岛问题的挑衅,并通过外交渠道向日本方面提出了强烈抗议。

10月25日是韩国“独岛日”,为了纪念这一天,韩国军警在独岛周围海域联合举行了防御训练,驱逐舰、护卫舰、扫雷舰等五艘舰艇参加。从1986年开始,韩国每年实施两次独岛防御训练,但海军参与登岛训练并不多见。

韩日独岛领土纷争由来已久。独岛位于朝鲜半岛东部海域,距韩国郁陵岛约87.4公里,距日本最近的隐岐诸岛约为157.5公里,岛上不宜居住。韩国和日本都宣称对该岛拥有主权,但韩国自1953年7月以来对该岛一直拥有实际控制权。韩国政府认为,独岛从历史上、地理上、国际法上都是韩国不可分割的固有领土,独岛主权不存在纠纷,独岛不是外交交涉和司法解决的对象。韩国甚至认为,日本主张对独岛拥有“主权”,是企图对韩国继续实行殖民统治。

美国对韩日独岛领土纷争持超脱的态度,一直试图拉近韩日关系,促使韩日以和平对话方式解决领土争端,以使美日韩三角同盟不因此受到影响。但是美国的做法收效甚微,韩日领土争端多年来一直影响着韩日关系的正常发展。2012年8月,时任韩国总统李明博首次以总统身份登上独岛,宣示主权。日本政府作出强烈反应,当即召回了驻韩国大使，使双方关系降至低谷。

今年2月朴槿惠总统就职后，在独岛领土归属问题上一直推行坚定政策。她早在就职前举行的记者会上谈到独岛问题就明确表示，独岛从历史、地理和国际法来说都是韩国的领土，并非可以通过谈判来解决的问题。这表明，她执行的是韩国历届政府的一贯政策。

安倍政府这次之所以在独岛问题上又挑起事端，与最近美国公开表示支持日本行使集体自卫权不无关系。近一年来，安倍推行右倾政策，企图走扩张军备的道路，美国观望多时，终于今年10月首次对日本行使集体自卫权表示欢迎。这使安倍在钓鱼岛问题上的强硬立场和围堵中国的政策获得了底气。这次日本同时播放宣示所谓主权的钓鱼岛和独岛的影像，既反映了它对韩国靠近中国、远离日本的不满，也是在试探与韩国的关系能否取得某种突破，以便进一步孤立和围堵中国。但这只是日本的一厢情愿。目前，由于日本否认侵略历史，走右倾化道路，致使韩日关系陷入困境，加之韩日之间在独岛归属问题上的纷争一时难以解决，韩日举行首脑会谈、改善双边关系的前景仍然十分渺茫。

（2013年10月29日）

外孙女学车

那天早上，外孙女从多伦多来电话，还没等我问，她就兴奋地告诉我："考车我通过了！"我忙祝贺她，并嘱咐说："不要自满，刚刚开始。"她说："我知道，会继续努力。"

在多伦多女儿家住了三个多月，一个星期前回到北京，但外孙女学车的事一直萦绕在我的心头。

加拿大人，除儿童和少年外，几乎人人会开车，甚至七八十岁的老人，走路已有所不便，但开车仍很利落。按当地规定，年满16岁就可以学开车，先学习有关驾驶规章，进行笔试，笔试通过后，就可开始学习驾驶技术，准备路考。外孙女去加拿大已近十年，融入了当地社会，刚满16岁时就通过了笔试，但因为上大学功课紧张，学习驾驶技术就拖了下来。现在她已年满21岁，学习驾驶技术成了紧迫问题，因为她的同学几乎都掌握了驾驶技术。

近半年，外孙女在课余抓紧时间学习驾驶技术。多伦多没有像样的驾校，要学习驾驶，主要靠请教练来一对一地指导，而且费用不菲。请华人教练，每小时30加元；如果请西人教练，每小时至少50加元或者更多。外孙女上了十几次课，花了六七百加元，初步掌握了驾驶技术，但还不很熟练。她爸妈为此也很操心，只要一有时间，就与她一起驾车外出，坐在副驾驶的位子上进行指导。因为在加拿大有严格规定，驾驶初学者身边如无五年驾龄以上的人员指导，就是违章行为，被罚款毫不通融。

离路考还有十几天，外孙女抓紧时间，几乎每天在爸妈的指导下去练车。我也想了解一下她的驾驶技术，一天随着她妈妈一起，陪着她去练车。外孙女驾车很稳，启动、停车、转弯、倒车，技术基本熟练，我坐在车上，一路心里比较踏实。考试那天，我劝她不要紧张，正常发挥，一定能成功。但没想到回来时她脸上难掩沮丧的表情，她妈妈在一旁说："没有通过，开车一段路超速了。"稍后外孙女冷静下来说："也好，是个教训，在加拿大，超速是要被罚的。"我开玩笑说："是不是因为没给红包？"她认真地说："在加拿大那是犯罪。"那之后，她在爸妈的指导下，连续多日又不停地练起车来。

外孙女第二次路考日期定在我们离开多伦多之后，临行前我还嘱咐她，不要失去信心，她沉稳地点点头。果然，在第二次路考中，外孙女驾驶技术合格，顺利通过了考试。她可以一个人驾车上街了。但加拿大还有一项严格规定，要上高速公路，一年后还要经过一次考试，合格了才是一名完全的驾驶者。

加拿大不仅对驾驶技术要求严格，而且交通管理也非常严。驾车通过十字路口，不管有无行人，都要停下几秒左右观察；如果有行人，要让行人先走。驾车速度、并线、超车、停车等也都有严格规章，违者被罚。多伦多市车辆很多，估计至少有300万辆，有时也堵车，但我们外出看到，交通秩序良好，驾车文明一流。

（2013年11月7日）

请柬中的往事

老伴在家是个爱留东西的人，我的出生证、我们的结婚证、女儿的独生子女证，几十年来她保存完好。这两天有点时间，她又开始收拾家中的物件，包括多年的报刊、书籍、杂物，无意中发现了几个牛皮纸大信封，鼓鼓囊囊，掏出一看，竟是保存了几十年的一摞请柬，不少是我做翻译时参加过的领导人宴请的请柬，其中一张特别珍贵，是1974年周总理举行国庆二十五周年招待会的请柬。这张有些发黄的请柬，对别人也许无足轻重，但对我却弥足珍贵，看到它，往事顷刻涌上我的心头。

1949年新中国成立以后，每年国庆前夕，周总理都举行盛大国庆招待会，招待国内外嘉宾。按常理，1974年是国庆二十五周年，周总理举行国庆招待会更是理所当然，但人们心中也不能不暗想，患病住院治疗的周总理已经四个多月没有在公开场合露面，他的身体情况如何？是否还会主持今年的招待会？对此人们画了一个很大的问号。

我一生有幸，多次见过周总理。我第一次为周总理做翻译是1963年，那年朝鲜《红色宣传员》剧组访问中国，周总理一向关心艺术事业，特别在家设午宴招待中朝双方艺术家，邓颖超大姐也短暂出面问候，气氛亲切温馨，至今难忘。那之后我出国到驻朝鲜使馆工作，回国后从1970年起我又为周总理做翻译，直到他辞世。对于周总理，我从新中国诞生起，就崇拜他，敬仰他，能见到他，也是我的最大荣誉。当然，为他做翻译，我也感到责任重大。最使我感动的是，周总理不知疲倦，为国操劳。他白天忙于公务，经常在深夜开会研究问题，外交部领导常被叫去参加，我有几次也被叫去。他会见外宾也经常安排在夜晚，只要一有消息，我就在外交部待命。

记得1970年10月，金日成主席时隔多年来到北京，会见毛主席、周总理，听取他们对国际局势的看法。毛主席在金日成下榻的钓鱼台国宾馆18楼设宴欢迎。毛主席分析了国际形势，告诉金日成世界不太平，并指派周总理与他会谈，就共同关心的问题深入交换意见。周总理日理万机，仍抽出两个半天，与金日成会谈，每次四五个小时，坦诚交换意见。金日成在北京停留期间，还赶上10月10日朝鲜劳动党成立二十五周年，周总理十分细心，专门设宴招待金日成一行。

1971年7月，中国外交出现大变革，毛主席运筹，周总理驾驭，美国总统安全事务助理基辛格秘密访问北京，长期相互敌视的中美关系开始松动。1971年7月，又恰逢《中朝友好合作互助条约》签订十周年，朝鲜党政代表团应邀来北京参加中方举行的庆祝活动。而这样的外交重头戏，周总理都要亲自出席，因此他格外繁忙，日夜操劳。就是在此情况下，周总理仍然考虑到，中美关系松动是一件大事，关乎地区和世界格局，为了加深周边国家的理解，他决定亲自向金日成通报。基辛格离京后，周总理不顾疲劳赶往平壤，与金日成会谈，通报了中国关于松动中美关系的考虑，谈了整整一天。金日成当晚设宴招待周总理，并真诚挽留他在平壤休息一夜，但周总理国务繁忙，还是于当天午夜返回北京。1972年2月，尼克松总统访华后，周总理为了向金日成通报有关情况，也是当天往返于北京与平壤之间。

1974年年中，周总理病情发展，住进医院治疗。外界纷纷为他的健康担心。金日成特别委托朝鲜驻华大使玄峻极前往医院看望。当我们走进客厅时，周总理起身迎接，握手寒暄。周总理仍和往常一样，灰色的中山装，整齐而质朴，只是脚下穿了一双布鞋，脸庞有些消瘦。交谈中，他感谢大使受命前来看望，并请大使转达他对金日成的问候。他还谈到中朝友好关系，表示相信这一关系今后一定会不断加强和发展。离开时，周总理送客人至门口，我强忍着眼中禁不住涌动的泪花。

1974年国庆二十五周年来临，周总理会不会主持国庆招待会，大家都不免担心。我于当天上午收到周总理落款的请柬，心里特别高兴。因是国庆二十五周年，中央请了一些国家的外宾来北京，其中包括朝鲜政府代表团，我知道我将会有翻译任务。那天晚上，人民大会堂宴会厅灯火辉煌，隆重热烈。我提前来到现场，与参加宴会的上千人一起，翘首等待国庆招待会开始。

晚7时许，乐曲响起，周总理等领导人缓步进入宴会厅。周总理走在前面，还是那身深灰色的中山装，银发梳理整齐，双眼炯炯有神，只是面容更消瘦了一些。看到久违的周总理，全场顿时响起热烈的掌声。我坐在主宾席翻译位子上，一切看得十分清楚，按捺不住内心的喜悦。宴会开始，周总理祝酒："二十五年前，中国人民的伟大领袖毛泽东主席向全世界庄严宣告，中华人民共和国成立了，中国人民从此站立起来了……"这时全场更是掌声雷动。为了目睹周总理的风采，有的人离开座位站起身，有的外宾忘记外交礼节登上了椅子。周总理熟悉而洪亮的声音响彻大厅，一次又一次被掌声打断。现在已过去近四十年，但看到周总理的请柬，当年那感人的场面顿时又浮现在我的眼前，那不断的掌声又在我的耳畔响起。这是周总理主持的最后一次国庆招待会，也是我永远难以忘怀的一次国庆招待会。

（2013年11月8日）

普京访韩之亚太外交新方向

日前，普京总统访问韩国，与朴槿惠总统举行会谈并发表了联合声明。这是普京时隔十余年再次访韩，也是朴槿惠就任后迎来的美中日俄四大国的第一位最高领导人。朴槿惠曾于 9 月前往圣彼得堡参加 G20 峰会时与普京举行过会谈，这次两位元首再次见面，一年之内韩俄总统举行两次峰会，在两国关系史上不曾有过。

普京是从河内飞抵首尔的，在访越期间，他与张晋创主席举行会谈，商谈了扩大两国经贸关系等问题。抵达首尔后，普京首先参加韩俄经贸午餐会，发表 15 分钟致辞，足见他对扩大两国经贸关系的重视，之后前往青瓦台，与朴槿惠举行会谈。

韩俄总统在会谈中讨论了朝鲜半岛问题。联合声明表示，韩俄双方决定加强两国政治和安全领域的高层对话，进一步活跃青瓦台国家安全室与俄罗斯联邦安全委员会之间协商机制。联合声明明确表示，不能容忍平壤方面的核与导弹开发路线，敦促朝鲜加入《禁止化学武器公约》，并指出根据《核不扩散条约》，朝鲜不能拥有拥核国家地位。联合声明还强调，朝鲜应该遵守联合国安理会有关决议，韩俄两国将与六方会谈当事国一道，为营造重启对话的气氛而共同努力。普京特别强调，俄韩有一个共同目标，就是实现朝鲜半岛无核化。俄主张尽快恢复六方会谈，通过外交途径在六方会谈上解决核问题。

两国元首在会谈中还讨论了加强双边经贸合作问题。双方决定推动两国短期和中长期合作发展规划，并就签署有关协定达成协议。在中长期合作规划中，俄罗斯支持韩国利用北极航线和开发远东地区港湾。铁路方面，韩俄将在纵贯朝鲜半岛和横贯西伯利亚铁路建设方面进行合作。普京在此次访问之前就透露，他有一个涵盖俄朝韩的宏大构想，就是在今年9月开通俄远东地区边境城市哈桑至朝鲜罗先铁路的基础上，把铁路延伸至韩国南部城市釜山，使欧亚大陆用铁路连接起来，称之为“铁路丝绸之路”。朴槿惠此前曾提出“亚欧倡议”，即重点开发中亚地区，使其发挥连接欧洲和东亚的桥梁作用，推动亚欧经济合作，构建“亚欧和平共同体”。这一倡议与普京的构想有共同之处，双方这次签署了韩国企业参与连接亚欧铁路建设的备忘录。

韩俄两国1990年建交，本来韩国对发展韩俄关系抱以较大期待，1992年末就曾接待叶利钦总统访韩，但其后由于俄政局不稳和经济发展迟缓等原因，双边关系发展不快。2001年，普京总统访问韩国，之后韩国总统卢武铉访问俄罗斯，加之俄罗斯国内情况好转，经贸、石油、天然气、航天等领域的合作才逐步活络起来。朴槿惠今年年初就任后，重视发展对俄关系，利用参加多边国际会议之机，与普京举行了会谈，并邀请他访问韩国。这次普京访韩，反映了韩国对进一步发展韩俄关系的期待，也表明了俄罗斯向亚太倾斜的外交政策。

媒体和学者高度关注这次访问，对“铁路丝绸之路”也不无忧虑，主要是投资庞大，几十亿美元甚至更多，更担心的是朝鲜半岛局势不稳可能带来不利的影响。但也承认，通过普京对韩国和越南的访问可以看出，俄罗斯越来越重视亚太地区，在把中国继续看成战略伙伴的同时，更积极与中国周边国家加强合作，以展示其在亚太地区的多元化外交。

（2013年11月19日）

伊核协议对朝核会谈的启示

伊朗核问题谈判达成协议，迈出历史性一步，对中断数年的朝核六方会谈有何影响，成为舆论关注的焦点，笔者不揣冒昧提出，至少有以下几点启示：

其一，勇于打破僵局。伊核僵局比朝核僵局时间更长，如任其发展下去，后果不堪设想。伊朗新总统鲁哈尼上台后，改变其前任的强硬做法，在核谈判上发出开辟“新时代”的积极信号。9月下旬，他在联合国与奥巴马总统进行了15分钟的电话通话，打破了积聚三十四年之久的外交坚冰。鲁哈尼经常说，核谈判可能使伊朗和西方获得“双赢”，他的举动证明他并没有食言，也给僵持的伊核谈判带来了希望。当然，也不能忽略最后时刻中、美、俄、法、英和德六国外长抵达日内瓦推动谈判的重要作用。朝核会谈已经停滞多年，各方正在为重启会谈积极活动，谁能有此魄力和远见迈出第一步，不能不引起人们的思考。

其二，摒弃冷战思维。当今世界的特点是开放交融，隔绝、对立甚至敌视，从某个角度看不能不是冷战思维的延续。伊核谈判的突破走出了这个禁区，朝核会谈应该从中得到启示。美国坚持朝鲜必须表现弃核诚意才能重启六方会谈，并与韩国一起不断进行大规模军事演习，还把航空母舰驶进韩国水域，致使半岛局势不断加剧，破坏了会谈的气氛。朝鲜则不顾国际社会反对，进行了三次核试验，这只能招致半岛局势剑拔弩张，不会带来任何有利的结果。朝鲜最近宣布各道建立十余个经济开发区，以吸引外资，发展经济，实现贸易多元化，意图虽好，但如不摒弃冷战思维，发展经济和引进外资只能是一厢情愿。在这样的情况下，重启六方会谈也非易事。

其三，让步换取双赢。任何谈判不可能按一方旨意行事，只有各方均有所获，才能达到双赢的结果。伊朗这次坚持了原则，如最高领袖哈梅内伊所说，放弃铀浓缩是会谈中不能触及的一条“红线”，但在谈判中又表现出很大灵活性，承诺不再从事浓度5%以上的铀浓缩活动，并允许国际原子能机构核查人员进入更多设施。美国等国则承诺，不再对伊朗追加制裁，暂停对伊朗贵金属、汽车零部件和石化制品的禁运，允许伊朗少量石油出口，等等。朝核会谈也曾取得积极成果，朝以弃核换取各方给予经济补偿，但其后未能付诸实施，而且朝鲜违背协议，研制核武器并进行了三次核试，受到安理会的制裁。初步成果毁于一旦十分可惜。

当然，这次伊朗核协议也只是解决问题的第一步，离未来6个月就伊朗核问题达成最终协议还有很大距离。伊核协议宣布几个小时后，鲁哈尼就称“世界大国承认了伊朗的核权利”，兴奋溢于言表。但美国国务卿克里马上进行反驳，称协议并未承认“伊朗有铀浓缩的权利”。未来6个月，还有很大的变数，外界称之为“需打一场攻坚战”。但是，这次协议毕竟暂时缓解了棘手的核冲突问题，如外电所评是“历史性的一步”，也使久拖不决的伊朗核谈判重现曙光。国际谈判不能操之过急，只能一步一步地前行。

（2013年11月28日）

十字路口

不久前，朝鲜宣布在各道建立 14 个经济开发区，以吸引外国资本，促进经济的发展和贸易多元化。记得今年 9 月，朝鲜外务省副相、六方会谈首席代表李勇浩来北京参加纪念六方会谈开启十周年研讨会时曾明确表示，最高领导人金正恩连续视察与民生有关的部门，他把发展经济放在优先位置。这表明，朝鲜正在探索一条符合国情的发展经济、改善民生之路。

笔者前不久去天津，参加东北亚和平与发展研讨会，与会的有中国、美国、俄罗斯、韩国、朝鲜、日本、蒙古等国的代表。我曾在朝鲜工作过十几年，也曾参加过无数次国际研讨会，但与朝鲜代表坐在一起，这还是第一次。听会议组织者说，他们本来也担心朝鲜代表不来，因为朝鲜很少参加国际活动，但出乎意料，这次朝鲜代表报名最早，而且要求为他们与会增加名额。听到这个消息，我对这次研讨会更增加了兴趣。

朝鲜出席这次研讨会的代表共 4 人，来自朝鲜和平裁军研究所，两人是高级研究员，两人是研究员，都比较年轻，也就三四十岁。他们穿着深色西装，佩戴着金日成像章。我离开朝鲜二十多年，当然不认识他们，但当我和他们寒暄，告诉他们我曾在中国驻朝鲜大使馆工作过时，他们忙说听到过我的名字，称我为“前辈”，十分热情。

朝鲜四位代表很了解情况，他们分别发言，向与会者介绍了朝鲜加强与外界联系、发展经济的举措，其中包括建立朝韩开城工业园区，与中国合作建立罗先经济开发区和黄金坪经济开发区，与俄罗斯合作开通朝鲜罗津与俄罗斯边境城市哈桑的铁路，等等，还介绍了金正恩多次视察与发展经济有密切关系的食品、保健、娱乐等部门的情况。中文和英文是这次会议使用的语言，他们四人发言都使用英语，其中两人还可用中文直接发言，发音准确，表达流畅，这在我接触中还是第一次看到。

这次会议朝鲜代表和韩国代表一起与会，过去少见，我暗自担心双方代表在会上发生争执，甚至出现不愉快的情况。我认识与会的韩国代表权丙铉，他十几年前曾出任韩国驻华大使，是我的好朋友。他曾告诉我，他在任期间，与当时的朝鲜驻华大使接触过一次，不过只进行了一般交谈。但这次在会下，我注意到，他与朝鲜代表交谈多次，十分融洽。会上，韩国代表和其他代表发言提到，今年年初朝鲜进行第三次核试验，加剧了朝鲜半岛的紧张局势，也影响了朝鲜经济发展，希望不要再出现这种情况。权丙铉代表听后发言说，希望听听朝鲜代表对这个问题的看法。朝鲜代表从容应对，阐明朝鲜关于经济建设和核武建设的立场，但强调朝鲜不会放弃领袖关于无核化的“遗训”。

论坛结束，早上用餐时，我与朝鲜朋友寒暄告别。我问他们什么时候回国，他们却告诉我，他们还要去欧洲参加研讨会，之后才能回国。我表示欢迎他们明年再来，并祝他们一路顺利。

早年金日成在世时，朝鲜实行的是经济建设和国防建设并举路线，对发展经济带来巨大的影响不言而喻。现在朝鲜把“国防建设”变为以“研制核武”为主，投入就更大，负担就更重，经济发展不可能不受到影响。发展经济和研制核武不可兼得，站在十字路口，向何处去，外界有不少评论，但最终只能由朝鲜自己选择。

（2013 年 12 月 12 日）

韩对华贸易或超日本

岁末年尾，盘点中国对外贸易不难发现，中日、中韩贸易虽都有增加，但两者额度上的差距继续缩小，中韩贸易大有赶超中日贸易之势，引人关注。

日本企业仍十分重视中国市场。不可否认，自2008年以来，日本企业重视东盟的崛起，并把它看成是日本投资的重要市场。2010年后，日本企业对东盟各国的投资已超过对中国的投资。据日本贸易振兴机构发表的统计，今年1～7月，日本对东盟国家的投资达113亿美元，超过对中国投资的近一倍。但是，这并不意味日本企业对中国市场的重视程度发生了根本性变化。日本企业仍十分重视中国市场，认为日本经济的恢复离不开中国，甚至还认为，当前加强中日经贸关系是避免中日关系彻底破裂的关键。日本企业多次呼吁日本政府对它们向中国的投资予以支持。

但是也不能不看到，自去年日本“购岛”风波以来，中日关系恶化，中日贸易不可避免地受到了影响。据中国海关统计，去年中日贸易额比上年下降了3.9%，今年1～8月又比去年同期下降了8.5%。日本企业对中国的投资也在下降，据日本贸易振兴机构统计，今年上半年日本企业对中国的投资为49.3亿美元，比上年同期减少31.2%。日本产品在中国销售低迷，最突出的是汽车、家电、手机等，过去在中国市场曾占据优势，但现在一落千丈。

与中日贸易下滑相反，中韩贸易却呈现快速增长之势。去年中韩贸易全年增长4.4%，今年1～8月又增长9.4%，与下降的中日贸易成为鲜明的对照。值得注意的是，近几年，中韩贸易与中日贸易之间的差距逐步缩小。两年前，中日贸易额高于中韩贸易额900多亿美元，但到去年双方差距减少到700多亿美元，今年1～8月份，两者的差距更减少至200多亿美元。

中韩两国是近邻，1992年建立外交关系后，两国关系全面深入发展，特别是2008年建立战略合作伙伴关系之后，两国关系发展更为迅速。由于中韩经济上互补性强、双方又互有需要，建交之初只有64亿美元的中韩贸易，到2012年达到2563亿美元，增长了30多倍，两国已成为重要贸易伙伴。从2010年开始，中韩贸易额超过韩美、韩日贸易额总和，中国成为韩国的第一大贸易伙伴。2012年，韩国企业对中国投资33.7亿美元，占韩国对外投资的14.3%，中国也成为韩国的主要投资对象国。

在中国的主要贸易伙伴中，中韩贸易增长是最快的。中韩贸易突破2500亿美元用了二十年时间，而中美贸易达到同一水平用了二十七年，中日贸易达到同一水平用了三十年时间。日本截至2001年一直为中国第一贸易伙伴，但后来被美国超过，降为中国第二贸易伙伴。现在，韩国又有赶超日本之势。特别是今年，朴槿惠总统6月访问中国之后，中韩各领域的交流与合作更加深入全面迅速发展。中韩自贸协定谈判正在加速，韩国企业对中国投资明显增加，仅三星集团在西安电子芯片一个项目的投资就达到30多亿美元。中韩两国领导人曾预言，到2015年，中韩贸易额将突破3000亿美元。如果中日贸易继续不振，几年后韩国成为中国第二贸易伙伴不是没有可能。

（2013年12月24日）

安倍“拜鬼” 韩日关系陷低谷

日本首相安倍于2013年12月26日参拜靖国神社后，韩国当天就作出了强烈反应。韩国外交部第一次官金奎现召见日本驻韩国大使馆公使（实为临时代办），提出了交涉和严正抗议。韩国驻日本大使李丙琪面见日本外务省政务审议官，表达了严重不满。

当天，韩国政府发言人、文化体育观光部长官刘震龙发表声明，对安倍此举提出强烈抗议。刘震龙指出，安倍首相无视邻国和国际社会的担忧与警告，刻意美化日本的殖民与侵略历史，悍然参拜供奉有二战战犯牌位的靖国神社，韩国政府对此表示极度失望和愤怒。他说，靖国神社是逆历史潮流的建筑，安倍首相前往参拜反映出其错误的历史观，从根本上损害了韩日关系乃至东北亚地区的安定与合作关系，是一种违背时代潮流的行为。他还指出，日本若要为世界和平做出积极贡献，首先应当摒弃错误的历史观，不再否认过去、美化战争，应当进行深刻反省，并向二战时期遭受侵略的邻国与国民诚恳谢罪，以此赢得周边国家的信任。

对日本领导人参拜靖国神社，韩国过去均通过外交部发言人阐述政府的立场，这次打破惯例发表政府发言人声明，反映了韩国对此次事件的高度重视。

日本政府今年以来对韩国极力拉拢，并千方百计挑拨中韩关系，试图为其对外政策打开一个突破口。早在朴槿惠就任总统之前，日方就曾向韩方表示，安倍首相愿参加朴槿惠的就职典礼，但韩方以“没有邀请外国领导人”为由加以拒绝。朴槿惠会见日本客人不止一次指出，日本只有正视过去的侵略历史，并向受害国真诚赔礼道歉，才能改善日本与这些国家的关系，韩日才有举行首脑会谈的气氛，实际上拒绝了日本提出早日举行韩日首脑会谈的建议。在中国宣布划设东海防空识别区后，日本看到韩国有所不满，于是自以为机会来到，又对韩国极尽拉拢，企图组成“统一战线”，要求中国撤回东海防空识别区，但韩国审慎扩大防空识别区，始终没有与日本站到一起。

安倍对韩国恼羞成怒。据日本媒体透露，在一次会见韩国代表团时他竟表示，中国是一个不可理喻的国家，而韩国是一个愚蠢的国家。安倍的助手甚至说，日本正在考虑对韩国实行经济制裁，如果日本金融机构切断对韩国企业的支持与合作，那么韩国三星集团一夜之间就会崩溃。这些资讯传到首尔，韩国政界和舆论界一片哗然。执政党的一名高官说：“如果日本首相和他的助手不断发表中伤我们的言论，韩日关系将面临更多困难。”反对党一名人士愤怒地说：“如果日本企图通过经济制裁征服韩国属实，那就不只是一种普通的侮辱，而是严重挑衅。”

美国看到韩日关系不和，曾不止一次居间斡旋调解。继今年 10 月美国防长哈格尔访韩调解失败后，11 月初美国副总统拜登访韩时，又借朴槿惠会见之机表示，韩国和日本都是美国的重要盟国，希望韩国与日本能尽快消除障碍，改善相互关系。对此，朴槿惠表示，韩日两国应以信任为基础，发展面向未来的两国关系，并期待日本为此做出真诚的努力。实际上这是将美国的要求顶了回去。这次美国立场有所改变，对安倍参拜靖国神社表示了“失望”，这恐怕是日本没有想到的。

安倍这次“拜鬼”，公然挑衅国际社会。除中国作出强烈反应外，俄罗斯这次也对安倍的行径表示了“遗憾”。安倍否定侵略历史、决意走军国主义道路的嘴脸日益昭彰。在此情况下，韩日关系必将进一步恶化，韩日首脑会谈更加遥遥无期。

（2013 年 12 月 28 日）

玩手机时代

早先听到一个故事，说一位年迈的父亲，把孩子们叫回家中一起吃饭。大家围着桌子坐下来，母亲亲自下厨，鸡鸭鱼肉很快端上来，气氛很是不错。但突然父亲注意到，孩子们并无心吃饭，而是全神贯注地玩自己掌中的手机，父亲几次打招呼也被置若罔闻，于是他一气之下把桌子掀翻，使这次家庭团聚不欢而散。“过分，不可能。”我听后说，根本不信会有这样的事。

然而几天前，我请几位亲朋好友聚会，真的遇到了类似的尴尬场面。那天在家叙谈之后，去附近餐馆吃午饭，亲友七八个人围着一张圆桌坐下。点菜等待，无事可做，几个人就玩儿起手机来，全神贯注，兴致勃勃，似乎全然忘记了吃饭的事。邻座的表弟也加入他们的行列。“你也玩手机?”我问。“淘汰下来的。”他说着指指坐在对面的弟妹。原来他的手机是弟妹花了几千元买了更高档的手机后替换下来的。在座的人中，只有我们老夫妇两人没有手机可玩。不久，点的菜上齐，我饥肠辘辘，很快吃饱，但我观察，大家仍不停玩手机，心思完全没有放在吃饭上，至于好吃不好吃，更没有人评说。

由此我想起，不久前外出乘公车，我坐在一名年轻人的外侧。公车前行，突然到一个转弯处，我的身体往外甩，有点坐不稳了，这时一只手伸过来，拽住了我的衣服。我扭头看了看，正是那青年的一只手。不过他连看也没看我，仍全神贯注地看他掌中的手机。没过多久，公车又转弯，青年的手又伸了过来。我点头向他致谢，他看了我一眼，之后又去看他的手机。“什么这样吸引你?”我不解地问。他看也不看我回答：“小说，工作忙，只有车上这点时间。”我不禁心里自语：“小小手机，作用可真大!”

回想几十年前,别说手机,谁家想装一部电话,都要提出申请,一等几个月没有下文。那时我家没电话,谁要找我,都是通过楼下的传呼电话,有时半夜我还要下楼去接。二十多年前,我家终于装上电话,与单位和同事联系方便了许多。而现在,手机不知比那时又方便了多少,在商店,在公园,甚至走在路上,不仅可以随时与人联系,而且通过手机,可以看到各种资讯,也难怪多少人热爱手机,甚至痴迷手机。听说美国总统奥巴马参加国际会议,不想听发言时就玩儿手机,不知是真是假。

那天从餐馆回来不久,接到表弟的电话,说吃饭时用手机拍了几张照片,效果不错,已经发给我,让我在电脑上找找。我找出一看,真的效果很好,纹路清晰,色彩鲜艳,比普通相机拍得要好。手机的功能又一次显示出来。我不禁感叹:“真的到了玩手机时代!”我不再犹疑,也准备买一个高档手机。

(2014 年 1 月 1 日)

从习近平买包子说起

习近平总书记新年前夕走访企业和敬老院，表达对他们的新年祝福，之后经过一家包子铺，与群众一起买包子就餐。他亲自排队端餐盘，买了 6 个猪肉包子，1 碗炒肝，1 碟芥菜，消费 21 元。习近平把自己看成普通人的亲民朴实作风，给各级领导干部做了表率，得到民众的交口称赞。

这是一件普通的事，但在目前一些领导干部脱离群众、追求豪华甚至贪污腐败的情况下，这又是一件极不寻常的事。

由此我想到敬爱的周总理，他不止一次下基层视察，端碗与普通群众一起吃饭，而且还按当时的规定交粮票和钱。我也想到美国总统奥巴马，他带背背包的孩子到一家咖啡店去买咖啡，到书店去买书，与周围群众交谈。我曾出使韩国，一次陪同韩国总理李洪九访华，出发时他乘坐的是普通民航班机；当时的首尔市长赵淳，每天乘地铁上班。我还想到，美国副总统拜登访华期间，在北京交道口一家小吃店吃午饭；加拿大总理哈珀访问北京时，在方庄“一碗居”品尝老北京炸酱面。

我说这些，绝不是想无视领导干部的特殊性。世界上，不管哪一个国家的领导人，工作都十分繁忙，日夜为民众操劳，他们吃饭、乘车、起居时间都很紧，为他们提供特殊照顾完全是应该的，民众也是可以理解的。但是我们的官员，特别是共产党领导下的各级官员，不能因此把这种“特殊性”看成是理所当然的，更不能因此而高高在上、脱离群众、追求豪华，甚至借机搞贪污腐败而掩人耳目，如果那样，就走到一条错误的道路上去了。

领导人是人不是神，他们也是普通人。买包子，吃包子，本来是普通的事，或许是常有的事，但现在却变成了“稀罕事”“难得事”，这主要是因为我们各级领导脱离群众，浮在上面，讲究排场，铺张浪费，不肯深入基层所致。这或许是封建“做官”意识的流毒。习近平是我们党的总书记和国家主席，但他也是普通的人。据包子店经理称，习近平等人去没有事先打招呼，也没有警卫安排。习近平为官员做出了榜样，各级领导应该怎么做，不言自明。领导人最重要的是为民众谋取实实在在的利益，但连放下身架、深入基层都不肯，还怎么真正为民众谋利益呢。

（2014 年 1 月 1 日）

居京散记

小店温暖

那天一天停电，晚上才来电有了电梯，我仓促下楼发了一封信，之后去多丽小店，打算洗几张照片。

多丽小店开在我们家楼下不远，是一家私人照片洗印店。老板 50 多岁，他 30 多岁的女儿和女婿是店里的主力，干活主要靠他们。本来到了电脑时代，洗印照片已经过时，但老伴有独特爱好，总爱晚上躺在床上看照片，我只好满足她。最近七八年，常去洗印照片，一来二去，我和小店的关系很熟，不仅每次路过时和老板打招呼，间或还亲切地开个玩笑。有时我洗印照片较多，小店就予以优惠，免费为我们洗印几张放大的照片。

这天天色已黑，加上我走得急促，进小店时不小心撞在玻璃门上，帽子落地，鼻梁出血，头一阵发昏，撞得不轻。当我稍许冷静后走进小店时，店主的女儿小王吓了一跳："您这是……"我答："没看清玻璃门。"她见我脸上有血，慌忙跑出去，我正纳闷，她又跑回来，在我面前蹲下身："从隔壁药店买来创可贴和白药，我给您贴上。"小王办事利落，给我抹上药，又贴上创可贴，口中还不停地说："都赖我们，门上没有标志，您怎么看得清。"很是自责。

在我等洗印照片时，小王用店里的洗相机，制作了显眼的黄色长条，贴在门的上方和下方，嘴里还念叨："这事儿我们也有责任，您再来不会出事了。"她让我看了看，我点点头。

这天我洗了几张照片，她无论如何也不要钱。我说你为我买创可贴和白药，我总得给钱吧，她说那是她的责任，更不应该给。在小店撞伤，是我不留神所致，我心里实在不好意思。

姐妹情深

住在楼下八层的一位大姐，最向往的就是夏天，带着儿子、儿媳和两个孙子去台北，与多年不见的姐姐团聚。

这位大姐今年已经85岁，身体仍然硬朗，步履自如。七八年前老伴去世，她受到了巨大的打击，但她坚强地挺了过来。她仍然参加书画活动，参加外出参观，甚至参加钓鱼比赛。有一年，她还与好友结伴而行，前往欧洲旅游。她没有被悲痛打倒，反而愈加豁达、乐观。我问她健康的秘诀，她只说了一句话："遇事想开最重要。"

这位大姐十几岁参加革命，与走自由职业道路的姐姐分手。新中国成立前夕，姐姐去了台湾，使她们姐妹再难相见。改革开放以后，一天派出所把她叫去，说有人在询问她的住址，希望她写一份材料，但没有告诉她事情的原委。又过了一段时间，突然她接到姐姐来自台北的电话，说要来北京看她，她兴奋得彻夜难眠。这时她才醒悟到派出所打听她住址的原因。也正是那时，台湾当局虽然继续拒绝接受大陆民众去台湾探亲，但放宽了台湾民众前往大陆探亲的限制，使她们姐妹时隔几十年有了团聚的机会。

姐姐八十寿辰是来北京过的，她和姐夫一起来到北京。当时大姐的老伴还在世，儿子一家人也从美国赶回来了，加上亲朋好友，一共十几个人，聚会到一起，热烈而充满亲情。现在姐姐已到望九之年，回来多有不便，只待她去台北相会。

正当她忙于准备去台北之时，她在台北的姐姐生病住院，消息传来，她只能暂缓动身，等待姐姐出院再去。但她的心里总是充满着希望。

难舍亲情

午休，刚要睡，电话铃就响了，我赶忙拿起："喂！"对面传来女儿熟悉的声音："爸，我们回来了！""回到家了？"我问。"刚进门，一切顺利，玩儿得很好。"我听后，一块石头落了地。

女儿一家三口落户多伦多已多年，近日去风光秀丽的古巴旅游，因为当地的通信条件很差，他们与我们失去了联系。女儿在多伦多时，隔三差五来电话，或通过 iPad 视频与我们联系，十分方便，虽相距万里，犹如在一起一样。然而这次女儿一家去古巴，只有四天，但却完全断绝了联系，我们感到度日如年，每天都抱一线希望，几次查看电邮或 iPad，每次都大失所望。

其实，我们与女儿一家分开，从多伦多回到北京才不过一个多月。在多伦多三个月期间，女儿、女婿对我们照顾十分周到。七年前我们第一次去时，还为他们洗洗菜、洗洗碗，现在年近八旬，他们什么也不让我们做了，真正是坐享其成。我们有午休的习惯，每天起来，一盘水果就放到我们面前。女儿把各种水果，红色的苹果、黄色的哈密瓜、绿色的猕猴桃，精心地切成一瓣一瓣，放在果盘中，十分好看而且诱人。我们在北京，享受不到这种“待遇”。吃晚饭最高兴，女婿、外孙女回来，大家坐在一起，女儿靠近我们，不停地给我们夹菜，生怕我们吃不好吃不饱。我们和女儿一家，度过了一个温馨的夏天。

现在得知女儿一家去古巴旅游后平安回到多伦多，总算安下心来。但谁知过了不到一个月，多伦多又遭到未曾有过的冻雨袭击，大雪封门，树木折断，35 万户人家断电。女儿一家情况如何，我们的心又悬了起来。好在女儿家没有断电，她通过视频通话告诉我们，他们都很好，比起受灾家庭，他们很幸运，让我们放心。这时我们悬着的心才踏实下来。

（2014 年 1 月 8 日）

铭记历史 珍视和平

2014 年 1 月 19 日，由哈尔滨市政府和铁路部门联合出资兴建的安重根纪念馆在哈尔滨落成开馆，黑龙江省副省长和各界人士出席了开馆仪式。人们怀着崇敬的心情，追思这位一个世纪前朝鲜半岛抗日斗争中的英雄。

纪念馆设在哈尔滨火车站，透过展室窗户可以看到，当年安重根击毙日本前首相伊藤博文的月台。事发 1909 年 10 月 25 日上午 9 时 30 分，该地点被标明“安重根击毙伊藤博文处”。参观者通过展品和图片，可以了解到安重根的生平和事迹。特别引人注目的是，展馆中间一面墙上，印有墨色掌印的一排书法，这是安重根在狱中所作。他于 1910 年 2 月 7 日切断无名指一个关节，断指发誓“复大韩独立”，断指掌印是他的独特印章，落款于书法之后，穿过百年历史，依然给人无限震撼。

安重根是朝鲜半岛近代史上著名的独立运动家。甲午战争后，日本加快侵略和吞并朝鲜半岛的步伐。安重根先是在国内通过办学开展爱国文化启蒙运动，后来弃笔从戎，到中国东北和俄罗斯远东地区投身反日义兵运动。安重根出于对日本侵略的满腔义愤，在哈尔滨车站击毙了侵略朝鲜的元凶日本前首相、驻朝鲜统监伊藤博文。不幸的是他当场被捕，1910 年 3 月 26 日在中国旅顺从容就义。安重根被当今韩国和朝鲜称为“义士”和“爱国烈士”。

去年 6 月，朴槿惠总统访华期间，向习近平主席提到安重根被韩中两国人民所敬仰，希望在哈尔滨建立纪念碑以示怀念。笔者曾不止一次听到过周恩来总理谈到安重根的事迹，赞扬他反抗日本侵略的壮举。笔者也曾亲自参观旅顺监狱遗址，看到日本帝国主义犯下的滔天罪行，当看到安重根英勇就义时的绞刑架时，义愤填膺难以自制。

对于中国建立安重根纪念馆，韩国外交部发表声明表示欢迎并给予高度评价，称希望东北亚地区国家以此为契机，以正确的历史观为基础，推动和平与合作。韩国电视和报纸对中国建立安重根纪念馆也作了广泛的报道。

但是，日本却称安重根是“恐怖分子”，表示“遗憾”，并向中国和韩国提出了“抗议”。此前日本曾称安重根是“罪犯”，引起韩国的极大不满。这次韩国又痛批日本的错误言论。中国通过外交部发言人表示，安重根是著名的抗日义士，也受到中国人民的尊敬。中国根据国内相关规定设立纪念设施，完全正当合理，不接受日方的所谓“抗议”。发言人还指出，近来，日本领导人在历史问题上的倒行逆施，引起亚洲邻国和国际社会的高度警惕和强烈反对。我们要求日方切实正视和反省历史，端正态度，纠正错误，以实际行动取信于亚洲邻国和国际社会。

正如黑龙江省副省长在参加安重根纪念馆开馆仪式时所说，在一个多世纪的历史长河中，安重根不断被人们追思和怀念，我们在这里建立安重根纪念馆，旨在让人们铭记历史，珍视和平，反思过去，展望未来。

（2014 年 1 月 22 日）

韩在中美之间慎重选边

近来，在中美之间如何选边，是韩国外交面临的一个越来越突出的问题。特别是在韩日关系发展受阻，而美国出于对亚洲两个重要盟友的考虑，不得不出面劝和之时，韩国更加慎重对待这个问题。

卢泰愚总统之所以不被中国人忘记，就是因为他富有远见，力排众议，作出了与中国建交的明智决断。1991 年 11 月，中国外长钱其琛赴韩参加 APEC 部长级会议，卢泰愚单独会见了钱其琛，明确表示希望与中国尽快建立外交关系。这是一个突破，在此基础上，通过多轮建交谈判，1992 年 8 月，韩国与“曾经交过手”的中国正式建立外交关系，卢泰愚一个月内访华，一时震惊了世界。

笔者也还记得 1993 年韩国第二任驻华大使黄秉泰上任前发表的言论。在韩国有个惯例，被任命为驻美国、日本、中国、俄罗斯四大国的大使，出发前都要接受记者采访，发表赴任感言，黄秉泰当然也不例外。他会见记者除谈及赴任使命艰巨外，还预测中韩虽刚建交不久，但双边关系会像堤坝决口一样发展迅猛，不可阻挡。他个人预见，韩美关系还会继续发展，但韩中关系后来赶上，不久的将来，很可能形成与韩美关系并驾齐驱之势。他的言论在深受美国影响的韩国政界和舆论界引起不小的风波，但却代表了不少有识之士的远见。

从韩国总统访华时间的选择，也可看出韩国在外交上越来越重视中国。总统就任后出访的顺序，往往是这个国家外交方向的标志。韩国总统就任后首次出访，多年来均去美国，已成惯例。1993 年金泳三就任总统后，当年访问美国和日本，次年 3 月正式访华。1998 年金大中就任总统，虽当年访问美国和日本，但 11 月就来中国访问。2008 年李明博就任总统，访问美日后不仅当年来中国访问，还把与中国的“面向21世纪的全面合作伙伴关系”向前推进一步，建立了“战略合作伙伴关系”。2013年朴槿惠就任总统后虽先去访问美国，但当年6月就来中国访问，而把对长期居于韩国外交第二位的日本的访问无限期地推迟。

1992年建交当时，中韩贸易不足60亿美元，但建交后中韩地理相邻、历史相通和贸易上互补的优势明显发挥，年度贸易额连年大幅增长，1997年突破200亿美元，2004年突破1000亿美元，到2010年突破了2000亿美元，中韩相互成为重要的贸易伙伴。原来美国和日本曾长期为韩国第一和第二贸易伙伴，而现在韩国对华贸易已经超过对美和对日贸易的总和。2013年，中韩贸易达到2700亿美元，年度贸易突破3000亿美元的日子已经不远。

朴槿惠总统就任后，仍基本维持多年来以美国为基轴的外交政策，对日本右倾倾向坚持原则立场，但去年10月美国公开支持日本行使集体自卫权后，韩美日关系发生了微妙变化，在中美之间如何选边，韩国持慎重态度，表现为：

其一，对美软顶，力避伤及关系。去年10月美防长访韩，曾劝韩与日改善关系；之后12月美国副总统拜登访韩，又再次劝韩采取措施，改善与日本的关系。对此，韩正面阐述立场，称关键是日本要正视历史，双方建立互信，这是改善关系的基础。

其二，对日强硬，但注意分寸。关于韩日关系，韩多次强调日须正视历史，对慰安妇问题赔礼道歉而不要往伤口上撒盐。在中国宣布划设东海防空识别区后，韩国与日本立场相似，但它拒绝与日站在一起，要求中国撤回防空识别区。关于韩日首脑会谈，韩国不止一次强调需要合适的气氛，不关门，留有余地。

其三，不涉中国，避免误解。对于日本否认侵略历史，修改和平宪法，试图向外扩张，韩国坚持原则立场，每次外交部发言人均予以严厉谴责，但不联系中国的表态，防止外界认为与中国站在一起。

其四，对中国友好。朴槿惠在新年记者会上说，韩中关系比任何时期都密切，战略伙伴关系正在深化。韩国还决定，将首次把埋葬在韩国的志愿军遗骨送还中国，双方正在就有关事宜进行协商。

回顾历史和现实，韩国的对外政策越来越重视中国，不过出于历史情况和政治、经济、军事上的考虑，韩国不会根本动摇与美国的关系，最近在分担驻韩美军费用问题上就作出了妥协，韩国以美国为基石的外交方针在可以预见的未来也不会改变。

(2014 年 1 月 29 日)

称呼的变化

以往，我们走进剧院看演出，或坐在家里看电视综艺节目，主持人都会郑重其事地报出演员的真名实姓，因而多少年来，人们都可以不假思索地叫出宋祖英、戴玉强、韩红等一大串著名演员的名字。而现在，有些我们非常喜爱的演员却压根儿不知道他们的本名，只记住了主持人和观众根据演员演出时的特点临时叫出的别名雅号，比如近年来在央视综艺频道《星光大道》栏目中出现的“草帽姐”“山楂妹”等等。

常登《星光大道》的“草帽姐”在山东农村长大，从小爱唱歌，常在劳动之余，在田间地头放声歌唱。她没有华丽的服装，没有亮丽的外形，只穿一件花布衫，戴一顶大草帽，就登上了舞台，以那高亢甜润的嗓音征服了评委和观众，被评为“山窝里飞出的金凤凰”，观众亲切地称她为“草帽姐”。我们一直不知道她的姓名，后来上网查找资料才知她叫徐桂花。

还有一位“山楂妹”，山东枣庄人，名叫张月乔。出生后因有先天疾病，被父母遗弃，后被养父母收养并治好疾病。她从小爱唱歌，练就了一副圆润甜美的嗓子。走上《星光大道》后，演唱的《山路十八弯》《圆梦》使她一夜成名，观众说她“秒杀了毛阿敏”。她矮矮的个子，留一头短发，也穿一件花布衫，第一次上台时挎一篮子家乡特产山楂，分给评委和观众品尝，“山楂妹”因此而得名。《星光大道》上还有“破烂儿哥”(收废品工人)、“扫帚姐”(环卫工人)等等，不一而足。

这些称呼的变化，一改过去我们社会“老张”“老李”或“小张”“小李”的呆板，而使之充满了活气。比如：管出租车司机叫“的哥”“的姐”，运动员中的冠军如乒乓圈内的张怡宁被称为“一姐”，央视主持人朱军被称为“一哥”，董卿被称为“一姐”。机关的办公室内的称呼也有变化，小辈称呼比他们年岁大一点的人，都在名字后面加上“哥”“姐”，如“淑英姐”“石磊哥”等等。

当然，称“哥”“姐”也不是什么新鲜事。我们年轻时在工作岗位上经常听到中央领导人的夫人被称为“大姐”，最典型的就是周恩来总理的夫人邓颖超，大家都叫她“邓大姐”。由于工作关系，我们陪外宾几次见过她。按说我们是晚辈，应称她为“邓妈妈”，但不知不觉也跟年长的人叫她“邓大姐”，她看我们女孩子腼腆的样子，高兴地拉着我们的手说：“不要不好意思嘛！”但现在，这样的称呼已很普遍，而不再是个别现象。

中国称呼的变化，越来越反映了社会的亲切温馨，不像西方国家，孩子对父母长辈都直呼其名，当然他们有他们的习惯。东方人则不同，非常注重称呼，认为它是社会礼仪的体现，反映了人与人的关系。“邓大姐”，体现了人们对老一辈革命家的敬重和爱戴；同样，“大衣哥”“草帽姐”“山楂妹”等，体现了人们对一个普通农民的尊重和喜爱，凸显了人们之间的亲密关系，为社会创造了一种和谐的氛围。

（2014年2月20日）

与中山装的不解之缘

现在，男士出席一些正式场合活动，大体都穿西装，穿中山装的已很少。这是改革开放后男士服装的一个重要变化。我作为外交官，当然也不例外，随着这个潮流走，但回顾以往又不能不承认，中山装在我的外交生涯中，有着难以抹掉的回忆。

1992 年 9 月，我被任命为中国驻韩国首任大使，一切准备就绪，准备起程。但没想到，递交国书穿什么衣服，却成了问题。韩国外交部告诉我们，递交国书要穿燕尾服，如果没有，他们可以帮助借。当时中国改革开放虽已十几年，但还没有时兴穿燕尾服，而且我也没有。递交国书虽然重要，但为此专门做一套燕尾服也不值得，而且时间来不及。去借一套来穿，又觉得与递交国书这样庄重的活动不相适宜。后来又向韩国外交部了解，他们说如果没有燕尾服，穿民族服装也可以。于是我们决定，穿中山装递交国书。

行前两三天，我找出已多年不穿的深色中山装，熨平熨好，放入行囊。这身中山装是我 1985 年准备第三次去中国驻朝鲜使馆任政务参赞时在“红都”服装店定做的，版行优良，做工精细。改革开放之前，我和中国其他外交官一样，外事活动基本穿中山装，很少穿西服。改革开放之后，中国领导人出访外国开始穿起西装，外交官的服装也就发生了变化，特别是到中国驻西方国家使馆任职或去那里访问，穿西装的越来越多。不过中山装没有被扔掉，国庆招待会等重要活动时，作为国服，中国外交官仍然穿中山装参加。所以，我去中国驻朝鲜使馆任职，在“红都”服装店定做了两身西装，也没有忘记定做了一身合体的中山装。

说起中山装，很自然地回忆起往事。中山装虽诞生很久，但真正在国内时兴起来，是新中国成立之后，毛泽东主席、周恩来总理穿的中山装，是人们最羡慕的。1963 年我第一次去中国驻朝鲜大使馆工作，就做了两身中山装，那是我穿料子中山装的开始。1970 年我荣幸地为周总理做翻译，穿中山装的一张照片，一直保存到今天。

1972 年 12 月，姬鹏飞外长访问朝鲜，我们随行人员一起到“红都”服装店定做了中山装。那时不管是临时出国，还是到驻外使馆任职，都有一笔制装费发给本人，用于行前置办服装所需。姬鹏飞外长访问朝鲜，虽然时间紧迫，离出发只有一个星期，但服装店的设计师还是热情地接待了我们，并满足了我们的制装要求。设计师很认真，量体裁衣，两天后还让我们去试样。那次大家都很高兴，做了一身合体的中山装，访问期间穿着它参加了各项活动，还受到金日成首相的接见。

那之后我还到“红都”服装店做过中山装。那是 1978 年 9 月，中共中央副主席、国务院副总理邓小平率中国党政代表团应邀去朝鲜访问，参加朝鲜建国三十周年庆典，我有幸随行为他做翻译。那是一次重要的国事活动，因为朝鲜是我们的友好邻邦，两国之间有着传统的友好关系，特别是金日成主席多次访问中国，会见毛主席、周总理，就双边关系发展和共同关心的国际问题深入交换意见。邓小平与金日成也曾多次会晤，毛主席、周总理辞世后，邓小平是第一次往访，更有重要意义。当时“文革”已经结束，中国走向何方，为外界瞩目，邓小平平壤之行也就引起世界的特别关注。

出发前，我们随行人员照样到“红都”服装店定做中山装。记忆中，邓小平除年轻时在法国穿过西装外，新中国成立后一直穿中山装，“文革”后期复出，在各种场合也都穿中山装，他身材不高，但具压场的气质，只要他一出现，就成为全场的中心。那次访问，邓小平穿中山装，主要陪同人员穿中山装，我们随行人员当然也穿中山装。中山装成了我们的团服，也可说是参加朝鲜庆典的“国服”。

朝鲜对邓小平率党政代表团访问并出席庆典活动十分重视，那次虽还有几位国家元首和其他不少外宾应邀参加庆典，但国庆宴会、国庆观礼、国庆报告大会，朝鲜方面均把邓小平排在第一位，紧靠金日成身边。朝鲜还安排在第二大城市咸兴，举行几万人参加的群众大会，欢迎邓小平访问朝鲜。访问期间，金日成国务繁忙，要会见的外宾很多，但他还是抽出一整天时间，分上午和下午两个时段，与邓小平举行会谈，就双边关系和国际局势等问题交换意见。这些重要活动，邓小平都穿着合体的中山装出席，我们也穿着中山装随同参加，至今已经过去三十六年，但当时的情景仍难以忘怀。

1992 年我到汉城赴任，带着一身深色中山装，准备参加递交国书仪式，但使馆主要外交官陪同参加，他们先于我到达汉城，没有带中山装，又成了一个问题。同一场活动，也不能我穿中山装，他们穿西装。于是我到达汉城后，马上要他们通过各种途径，请家里人找出他们的中山装，托人带到汉城来。好在北京离汉城较近，还算方便，如果是非洲或拉美，恐怕就来不及了。9 月 15 日，我抵达汉城的第四天，根据韩国方面的安排，我向卢泰愚总统递交国书。当日天气晴朗，我很早起来，穿上中山装，做好准备。10 时许，我乘坐韩国方面派的礼宾车，直奔总统府青瓦台，韩国外交部长等已在那里等候。当天递交国书的还有日本、印度等国新任驻韩国大使，他们抵达汉城后已等待了一段时间。按到达汉城的先后顺序，我于 11 时缓步走进一个大厅，向卢泰愚总统递交了国书。虽然只是几分钟的事情，但对外交官来说，则是一次非常重要而庄重的活动。仪式结束后，卢泰愚总统还会见了陪同我参加递交国书仪式的中国驻韩国大使馆的主要外交官，并同我们一起合影留念。递交国书身着中山装的照片，我一直保留着，那身中山装我也珍藏至今。

四十多年的外交生涯，最后阶段出任中国驻韩国首任大使，肩负重要使命，也是我终生最大的荣誉。我在“红都”服装店还做过多套西装，但中山装伴随着我走过外交官的重要历程，直到递交国书的时刻。可以说，我与中山装结下了不解之缘。

（2014 年 3 月 5 日）

外长的时间都去哪儿了

2014 年 3 月 8 日，王毅外长在两会期间举行记者会，回答记者们提出的关于中国外交和对外关系的有关问题。谁也没有想到，一件突如其来的事“扰乱”了会场。王毅刚坐下就说：“今天早晨我们得到一个非常令人忧虑的消息，一架马来西亚的民航班机在飞往中国的途中与地面失去联系，我们都很揪心，祝愿每一个人都能平安。”他还说“一旦有消息我们会随时向大家发布”，之后他从容淡定地回答了记者们的提问。

王毅外长就任后的这第一年，工作十分繁忙。他陪同习近平主席和李克强总理访问了多个国家，从准备、陪访到总结，事无巨细，他都要过问。这一年除接待各国外长来访外，他还访问了几十个国家，包括中国外长多年未去过的一些国家，还多次出席了讨论重要问题的国际会议，有的国家他来去匆匆，只停留一天或几个小时，但所谈都是中国关于有关问题的重要立场。

在这天的记者会上，王毅在答问中谈到，去年“中国外交最鲜明的特点是主动进取，展示出更广阔的视野、更积极的作为”，今年要“继续积极进取，要更加主动地服务于国内全面深化改革，加强同世界各国，尤其是周边国家的友好关系”。他还说，中国“将为解决各种全球性问题和地区热点问题提出更多的方案，发挥更大的中国作用”。王毅还谈到构建新型大国关系、领土海洋权益寸土必保、办好今年由中国主办的两大国际会议和建立领事保护中心等问题，看来他今年还会十分繁忙。

写到此，我想起去年 4 月韩国外长尹炳世访华情况。王毅很忙，原定上午与他会谈，中午设宴欢迎。不巧王毅上午突然有急事，会谈不得不推迟到 11 点，下午 1 点宴请。但直到 1 点半，会谈也没有谈完，中午宴请又不能不搞，于是只好边吃边谈。我因为在韩国当过大使，应邀参加了这天的午宴，就坐在王毅旁边。两位外长边吃边谈，实际上饭都没有吃好。不到一个小时，宴会结束，因为韩国外长要去中南海接受李克强总理的会见，不能耽误。我的结论是，这就是外长的“正常生活”。

这天王毅纵论天下大事中，我最关心的是朝鲜半岛问题，这或许是因为我在朝鲜和韩国先后工作了二十年。在回答韩国记者关于朝鲜半岛局势问题时，王毅阐述了他的观点。他认为，朝鲜半岛问题面临“爬坡、过坎、走正路”，他解释“爬坡”就是要实现朝鲜半岛无核化；“过坎”就是要相互间建立信任，特别是朝鲜和美国之间严重缺乏信任；“走正路”就是要坚持对话解决问题。王毅对朝鲜半岛问题并不生疏，2003 年六方会谈在北京开始，当时他任副外长，至少两年中主持了多次会议。

笔者认为，王毅所谈“爬坡、过坎、走正路”确实找到了朝鲜半岛问题目前面临的关键，而且三者互相关联，没有宽容、灵活和智慧是很难解决问题的。

王毅公务的繁忙，在外交部是出了名的。这主要是他的日程安排得很满，处理突发事件占了时间，也是他勤奋、认真工作所致。上任一年来，他几乎每天都要工作到深夜，12 点以前休息很少。记得去年 12 月 31 日下午，他按惯例为退休人员作国际形势报告，开始时他风趣地说：“没法再推了，今天是今年的最后一天，也是最后一个下午。”引起会场上的笑声，也得到与会人员对他繁忙工作的理解。

这天记者会，本来他还可以回答几个问题，但因发生马来西亚民航客机失联事件，他只说了一句“我要回外交部去处理”，就匆匆离开会场。之后我们从媒体上看到，他作为负责人，中午召开了政府有关部门处理马航事件紧急联席会议，没有片刻休息；下午李克强总理与马来西亚总理通了电话，外交部领导分别召见了马来西亚和越南使节，而这些没有哪一件不需要他亲自过问。王毅的时间哪儿去了，不是很清楚了吗？

（2014 年 3 月 10 日）

志愿军烈士遗骸终归故里

2014年3月28日，中韩双方在韩国仁川举行隆重仪式，交接曾埋葬在韩国的中国人民志愿军437具烈士遗骸。几个小时后，当专机运载遗骸到达中国沈阳时，中方又举行隆重仪式，迎接烈士遗骸时隔六十多年归来。烈士遗骸将被安葬在抗美援朝烈士陵园，魂归故里。

几天前，习近平主席在参加海牙核安全峰会期间会见了韩国总统朴槿惠，对她推动中国人民志愿军烈士遗骸归还中国，特别表示了感谢。

中国人民志愿军烈士遗骸归还中国，确是朴槿惠亲自推动的。2013年6月，朴槿惠访问中国，主动向中方提出，朝鲜战争已经过去六十年，埋葬在韩国的中国人民志愿军烈士遗骸，应该归还中国，入土为安。她的提议当即得到中方的同意。访问结束后，为安排此事，中韩双方有关部门曾多次会商。几个月前，韩方动员大量人力和物力，开始在京畿道坡州地区挖掘，至这次交接时，一切准备工作圆满完成。

埋葬在韩国京畿道坡州的中国人民志愿军烈士墓，是一座原来分散在各地的志愿军遗骸合葬墓，建于20世纪90年代中期，后墓地被改为“中国军人墓”。据说热心中韩关系的人士还为墓地的修缮和管理做了不少事情，中国游客和烈士家属也曾到墓地祭拜。2013年朴槿惠访华之前获知此事，于是向中国提出归还烈士遗骸的建议。

写到此，我想起一件往事。1992年9月，中韩建交后，我奉命出使韩国。在到任不久举行的一次记者会上，记者提出了不少关于中韩关系今后应该如何发展的问题，我作了回答，会场气氛热烈。但也有一些记者提出，中国人民志愿军曾参加朝鲜战争，给韩国国民造成重大灾难，要求我对此事道歉。这完全出乎我的意料。我拒绝了记者的要求，耐心说明了当时的历史情况，指出中国人民志愿军参战，是因为美国飞机轰炸了中国东北边境，中国的安全受到了威胁。记者听后虽不完全满意，但开始平息下去。回忆二十多年前所以出现那样情况，说明中韩长期隔绝，相互缺乏基本了解，也反映了当时韩国社会和国民对中国人民志愿军的一种情绪。

我还想到去年朴槿惠出访越南的一件事。韩国与越南是1992年建交的，但韩国领导人和代表团访问越南，从未向胡志明墓献过花圈。这是因为20世纪60年代越战期间，朴正熙执政的韩国曾支持美国，派兵参与越南战争，韩国国民长期把胡志明看作“敌人”。朴槿惠虽是朴正熙的女儿，但去年她访问越南时，出人意料，作出大胆的决定，祭拜胡志明墓并默默地向墓地献了花圈。

这次中国人民志愿军烈士遗骸移交，虽然时间上晚了不少，但靠朴槿惠的宽容和胆识，烈士遗骸终回故里，可以入土为安了。中韩双方已达成协议，今后若有需要，每年可举行类似的交接仪式，牺牲在异国的志愿军烈士遗骸将会回到祖国。超越历史，不抱偏见，这从一个侧面无疑对中韩关系的发展是一个促进。

（2014年3月29日）

习近平访欧展大国领导人风范

习近平主席访欧洲四国，受到高规格礼遇，加强了与荷兰、法国、德国和比利时的双边关系。特别是他在几个场合都发表重要演讲，介绍中国，阐述多个重要观点，引起外界高度关注。现就几点突出感受谈一点看法：

宣传包容精神。习近平在联合国教科文组织总部演讲，畅谈世界文明，深入阐述，淋漓尽致。他指出世界文明是多彩的、平等的、包容的，强调“一切文明成果都值得尊重，一切文明成果都值得珍惜”。他从文明谈起，继而谈到各国之间的关系，指出“当今世界，人类生活在不同文化、种族、肤色、宗教和不同社会制度所组成的世界里，各国人民形成了你中有我、我中有你的命运共同体”，对此“我们需要比天空更宽阔的胸怀”，推动各国“相互尊重、和谐共处，让文明交流互鉴成为增进各国人民友谊的桥梁”。在国际活动场合既表达中国的原则立场，又如此精辟解读包容精神，前所未有。

呼吁中欧架“桥”。习近平在欧盟议会总部发表演讲，指出中国需要加深对欧洲的了解，欧方也需要加深对中国的了解，同时建议共同努力，在中欧之间建造四座“桥”：和平稳定之桥、增长繁荣之桥、改革进步之桥和文明共荣之桥。可以说，增进相互了解，是以后中欧共同努力的方向。

演讲平和深刻。习近平多次演讲，没有激越的阐述，也没有为赢得掌声而提高声调，而是深入浅出，侃侃而谈。许多比喻韵味无穷，仅举一例，他以热烈奔放的酒和含蓄内敛的茶为比喻，说“酒逢知己千杯少”和“品茶品味品人生”，虽有不同，但可以兼得，意在中欧虽有差异，但可走到一起。形成了纾缓而不急迫、深奥而易理解的“习式演讲风格”。

推出新式“礼服”。习近平在出席荷兰国王和比利时国王的晚宴上，穿着新式服装参加，引起外界注意。新中国成立几十年，男士基本以中山装为主，改革开放后穿西装，但没有正式“礼服”。二十多年前，我在韩国递交国书时，按当地习惯要穿燕尾服，我们没有，也不适应，就穿中山装参加仪式。这回习近平穿的深色上衣，在中山装基础上改为立领，繁琐衣兜改为三个，衣服正面还有少许绣花图案，去掉了正统中山装的古板，庄重中显出几分雅气。也许这就是将来的“礼服”或者“国服”。

（2014 年 4 月 7 日）

礼物的喜与忧

春节过去两个月了，我还在思考礼物问题。中国人逢年过节或平时走亲访友，讲究互赠些礼物。至今我家食品柜里还有亲朋好友春节来拜年或聚会时带来的红枣啊、麦片啊、蘑菇啊，等等。我们老两口怎么吃得完？好在这些东西保质期较长，留着慢慢食用吧！

亲友互赠的礼物大多数是食品，我最喜欢的是那些简单实惠的东西。春节期间表弟夫妇来我家，带来一盒红烧肉，一盒甜豆包，是我和先生爱吃的。更可贵的是，都是能干的表弟媳当天早起现做的，我们接过来时还热热乎乎，顿时让我感到她待人的真诚与热情。炖肉和豆包，最普通的食物，却给我们的进餐增添了不少乐趣。

这又让我想起去年夏天我们去加拿大多伦多女儿家探亲时的一件事。一天，笔友姚船偕夫人来我家做客，夫人提着两袋东西进来，兴致勃勃地递给我说，这是今天清早刚从后园摘下的青瓜、豆角和番茄，送给你们尝尝鲜。我又惊喜又高兴地接过来，顿时感到是这样的亲切和温馨。我知道这是他们老两口亲手种植的蔬果。我们曾到他们家做客，参观过他们那开满鲜花、绿荫遮地的后园，他们在后园中辟出一块菜地，靠自己辛勤的劳动，番茄、豆角、西葫芦挂满支架，煞是惹人喜爱。今天他们将自己的劳动果实赠与我们品尝，足见他们夫妇的朴实与真诚。当天晚上，擅长厨艺的女婿用这些蔬菜做了几样可口的菜肴，我们全家人美餐了一顿。

但互赠礼物也有沮丧的时候。春节期间，北京的商店、超市都摆满红红绿绿的食品礼盒，令人目不暇接。大街上，三五成群的人们提着大礼盒走亲访友，好不热闹。有朋友来我家拜年，提着一个红色大礼盒，里面装着一筒筒各样坚果，看着又漂亮又气派，我先生不觉拿起相机拍了一张照片传给女儿一家。但当我们真要食用时可犯了愁，不少带硬壳的坚果我们这耄耋老牙是咬不动、嗑不开的，我们没有适当的工具，必须用榔头一个个砸开，弄不好还砸着手，只好转送同楼的年轻人。还有一位朋友送我们一大礼盒杂粮，里面装有六七袋真空包装的各种谷物。朋友好心告之，吃饭要粗细搭配，吃点杂粮有益健康。我爱吃小米，将小米开袋倒入盆中后，发现小米粒碎，色白，小沙砾很多，煮一次粥要挑半小时沙砾。但毕竟是粮食，不好扔掉，只好硬着头皮慢慢吃完。

说起大礼包，我们自己也做过蠢事。春节到妹妹家聚会，我图省事，又图好看，花了两百多元买了一大礼盒真空包装的熟肉制品，盒上标明保质期三个月。没想到刚过三五天，妹妹来电话说，肉味道不对，有些发霉。恰巧我正在看当天的《北京晚报》，一则消息说，有的真空包装的肉食未经除菌程序，只将袋内空气抽空，这种"真空包装"的肉食只能放三五天，让消费者不要上当。我赶紧告诉妹妹，她万分可惜，无奈全部扔掉。

亲朋之间来往，特别是过年过节互赠一些礼物是中国人的一种习俗，也是人之常情。我不反对互赠礼物，但我的经验教训是：送礼要实在，不追求花哨；量要适当，不给人造成负担；避免昂贵，不给人造成压力（包括非食品）；还要注意食品安全。让互赠礼物给我们的生活带来快乐吧！

（2014 年 4 月 8 日）

加拿大之“大”之“小”

我先后去多伦多女儿家三次，每次小住三个月，加起来也不到一年，但对加拿大之“大”之“小”却深有体会。

先说加拿大之“大”，首先想到的是它的国土。中国国土面积960万平方公里，世界第三；而加拿大的国土面积970万平方公里，略大于中国，世界第二。这一点只要一下飞机，就可以感受到。走出机场，举目远眺，顿感天地辽阔，甚至有空旷之感。通往市区的道路宽阔，几条车道并行，行车如流水。这就是对加拿大之“大”的第一个感觉。

在多伦多走走看看，随之而来的是第二个“大”的感觉：公园大，草坪更大。我去过国外不少城市，包括首尔、东京、曼谷，没有哪个城市有这么多公园和绿地。在住家附近散步，就可看到大片的草坪，修葺整齐，似绿色绒毯，其间多条小路纵横，游人可自由穿行，享受绿地和林木的清新。周末去公园休息，感受更是不同。这里公园很大，多与茂密林木相连，有的还与湖水相接，游人徜徉其中，愉悦身心。

再一个“大”就是加拿大的湖了。在加拿大和美国交界处，有五大湖泊，我看到的其中一个安大略湖，并不是最大的，但也让我吃惊不已。去多伦多湖心岛游览，站在安大略湖畔眺望，天水相连，绝不相信它是湖，而以为它是海。特别是湖水无边无际，清亮透澈，湖鸥起伏飞翔，更与大海别无二致。但它确实是湖，在往南去尼亚加拉途中，往北去金思顿的路上，都不时看到它的身影。

不止以上这些，在加拿大感到“大”的地方还很多。外出乘公交，随时可以看到身材高大的人，有的人体态超大，一个人要坐两个人的位子。去超市购物，可以看到很大的包装，一袋面包20多个，很少有小包装;一盘牛肉 3～5 磅,没有看到零售。但加拿大人很习惯,推着购物车,有人一买就是满满一车。如此事例不胜枚举。

但是,在加拿大也感到它有“小”的魅力,最突出的是,人口不多、面积不大的“小镇”,在广袤的加国国土上星罗棋布,我们看过几个,玲珑小巧,印象很深。

最初去的是离多伦多 100 公里的斯特拉特福德小镇,听说那里原是纪念莎士比亚的地方,后来小镇就以沙翁的出生地斯特拉特福德命名。驱车个把小时到达,下车后步行进入市区,街道静谧整齐,楼房不高,淡黄色调,朴实而雅气。路上行人三三两两,或散步或私语,闲适自在,看不到匆匆的行人,更没有大城市的喧闹。我们急切寻找莎士比亚的标志,绕过小街,走进公园,突然看到不远处有一座雕像,几个人正在围看,走近方知是莎士比亚的雕像,这个公园就是莎士比亚公园。据说原有一位热爱莎士比亚的人士,曾在这里举办纪念沙翁的活动,还演出过莎士比亚戏剧,公园因此得名。园内树林葱郁,花草繁茂,氛围幽静,确是个很好的休闲场所。走不远,眼前出现一条小河,河上还有两只天鹅游走,更增加了温馨气氛。

更使我们难忘的是,去年去加拿大西部旅游时逛过的班芙小镇。班芙公园是加拿大最著名的旅游胜地,位于西部哥伦比亚山脉,地势较高,2000 米以上,内中湖泊、森林比比皆是。前两次去多伦多就曾想前往一游,但又担心高血压不能适应当地情况而作罢。这次年近八旬,心想往后再来机会不多,于是下决心前往。从多伦多乘飞机,5 个小时抵达温哥华,次日参加华人旅游团,乘大巴出发前往班芙。大巴在山中盘行,地势渐高,温度下降,不久到达世纪冰川,我们换上冬装,换乘雪车下到厚厚的冰层之上,饱览了壮丽的冰川景色。之后我们还观赏了湛蓝的露易斯湖和湖畔的豪华别墅,到达班芙小镇时已是傍晚。一路上我带着血压计,几次量过我和老伴的血压,奇怪的是非常正常,而且丝毫没有头晕等现象发生。导游小姐知道后说:“我们是一点一点地上来的,不会出现血压增高的情况。”

次日我们游览班芙小镇,它海拔 2500 米,空气格外清新,环境安谧幽雅。小镇只有一条主要街道,两侧是一家家的小店铺,门面多呈原木色,但玻璃窗较大,古朴中显露时尚。店铺中餐馆不少,临街设座,或饮咖啡，或品尝糕点，但更多的是礼品商店。这个世界著名的小镇，每年据说要接待上千万游客，我们旅游团中不少人就是从美国而来。这天，玲珑剔透的小镇被来自各国的、肤色不同的游客挤满，让我们颇有赶庙会之感。高山地带气候变化莫测，刚刚还晴空万里，一片乌云飘来就下起阵雨，我们赶快躲进商店，但几分钟过后太阳又露出笑脸，丝毫没有影响我们的游兴。我们在琳琅满目的商品中选了几件小礼物，就恋恋不舍地离开这个高原小镇。

加拿大是一个颇具特色的旅游国度，它的之“大”之“小”一言难尽，如您有时间可去实地看看，一饱眼福。

（2014 年 4 月 12 日）

朝鲜"太阳节"的寓意

世界上有"太阳节"的国家不少,朝鲜"太阳节"始于1997年,那年朝鲜作出正式决定,把4月15日金日成的生日命名为"太阳节",每年举行庆祝活动。截至今年,朝鲜举办"太阳节"活动已十八年。

其实,朝鲜作出"太阳节"决定并不突然。自1948年建国以来,朝鲜一直把金日成视作"人类的太阳"加以颂扬。1962年金日成50岁生日,朝鲜把4月15日法定为"公休日"。1972年金日成60岁生日,朝鲜宣布"关于把伟大领袖金日成生日作为最大民族节日庆祝"的决定。1994年金日成逝世,三年后朝鲜作出把他的生日命名为"太阳节"庆祝的决定。

与此同时,朝鲜还作出一项决定,改变一直使用西历纪年的做法,宣布实行主体纪年,以金日成诞生的1912年为主体元年,并称这样做是为了纪念金日成创建了"主体思想",也是为了"继承并完成金日成的革命事业"。那之后,朝鲜逐步不再使用西历纪年,涉及年份时以"主体某某年"为准,后面加上括弧注明西历。

为烘托民族最大节日的气氛,朝鲜从1982年起,每年在平壤举办"四月之春"艺术节,邀请几十个国家的艺术团体前来参加演出。每年还举行"金日成花展",据说这种属于兰花科目的花卉,最初是印度尼西亚友好人士送给朝鲜的,后来经过培育繁殖,被命名为"金日成花",花朵红色,十分艳丽。节日期间,还举办其他各种庆祝活动。

2012年是金日成诞辰一百周年,朝鲜庆祝"太阳节"活动规模最大。除"四月之春"艺术节、"金日成花展"和各项群众性活动外,金日成和金正日大型马赛克壁雕揭幕;朝鲜劳动党召开代表会议,修改党章宣布“金正日为永远的总书记”，选举金正恩为“朝鲜劳动党第一书记”。当年 4 月 13 日，朝鲜还发射“光明星 3 号”卫星以示庆祝，可惜发射失败，未能进入预定轨道。

今年是“太阳节”一般年份，尽管朝鲜多次发射火箭和导弹，回应韩美大规模军事演习，还声称不排除进行“新形式核试验”，但庆祝“太阳节”的各项活动仍照常举行。各国艺术团先后抵达平壤，“四月之春”艺术节已经开幕；“金日成花展”和其他各项庆祝活动也将陆续展开。朝鲜设立“太阳节”并每年举办庆祝活动，体现了朝鲜民众对已故领袖金日成的尊敬和崇拜。

（2014 年 4 月 17 日）

如果没有马布里

北京金隅男篮获得 CBA 总冠军，可喜可贺，但很大程度上是靠马布里，这又使人感到几分遗憾和惋惜。如果没有马布里，北京金隅男篮还能获得冠军吗？这或许是许多人自然而然想问的一个问题。

马布里确实是一名精神和技术俱佳的选手。他已 37 岁，并非身体最佳时期，在这次比赛中又严重遭受伤病的困扰，不仅脑部受伤缝了多针，而且膝盖积水至少四次去医院抽水，疼痛难以想象。但他仍然坚持参加比赛，直至最后一分钟，比赛结束他倒在地上，动弹不得。更值得赞扬的是，他的球技过人，尽管身体状况不佳，每场比赛仍然获得最高分，成为全队的灵魂。比赛结束后，主教练闵鹿蕾眼含热泪说："老马是最棒的，他也非常不容易。'谢谢'已无法表达我们的感情。"队长陈磊说："他的意志品质值得所有人学习。"

现在在体育比赛中，引进外援已成为世界潮流。为了提高竞技水平，这是完全可以理解的。但关键在于，我们引进外援后，如何提高我们自身的水平。外援球技高超，我们仅依靠他，即使获得冠军又有什么用？前几年，恒大女排靠引进几名世界级的球员，获得全国冠军，我曾写过一篇文章说"恒大夺冠不可喜"，原因就在这里。中国男篮在伦敦奥运会上，连前十名都没有打进去，不值得人们深思吗？

我这样说，并非否认北京金隅男篮获得 CBA 冠军过程中中国球员所起的作用。一支篮球队上场五人，互相配合，光靠一个马布里和外援莫里斯也是不成的。一个球队是一个集体，胜利中当然也包含中国球员的功劳。祝贺陈磊、孙悦、吉喆等中国优秀球员的突出表现，也希望你们能把马布里的精神和球技真正学到手。

篮球界有这样的一种说法:“请一位好的外教,不如请一个好的外援。”我看这有一定道理,但也不完全。好的外国教练我们已经请得不少,但坦率说作用有限。好的外援请来,他的技术和人品可以为我们起示范作用,而且可以使所在篮球队在比赛中取得好的名次,显然作用不一样。但归根结底,还是要看我们通过请外教和外援,是否真的能把我国篮球水平提高。否则,花那么多外汇去请,不能提高我国自身的水平,就实在不值得也不可取了。

(2014 年 4 月 20 日)

韩国客轮沉没后的思考

韩国一艘载有400多人的“世越”号客轮从仁川出发前往济州岛途中，4月16日在全罗南道珍岛海域沉没，造成船上大批青年学生和旅客遇难、失踪，引起世界的高度关注。习近平主席发慰问电给朴槿惠总统，并表示愿提供必要的支持和援助；奥巴马总统发表谈话表示慰问；联合国秘书长潘基文也对发生此事表示慰问和关心。

朴槿惠总统于事发当天作出紧急处置指示，次日又赶赴事故现场视察，并不顾劝阻，会见了遇难和失踪者的家属，倾听了他们的诉求，还登上救援指挥舰，要求海警和有关部门全力搜救。目前多艘船只和多架飞机正在投入搜救之中。

大型事故的发生，是人们所不愿意看到的，但也是任何一个国家不可避免的。事故发生客观上是一面镜子，考验这个国家领导人的应急能力，也检验这个国家国民在危机时刻的素质。

其实韩国发生大型事故已不是第一次。仅我在韩国期间，就发生过两起大型事故。1994年10月26日清晨，汉江上的圣水大桥突然断裂坍塌，正在通过的车辆落入江中，当场32人死亡。一年多以后，1995年6月29日傍晚，位于首尔瑞草区的高五层的三丰百货大楼瞬间倾倒，400余人遇难，数百人受伤。

那两次事故中，出现了很多感人的事迹。媒体记者日夜操劳，特别是众多记者驻守三丰百货现场，及时报道民众焦虑期待的消息。救援作业夜以继日，使多名深埋在瓦砾中的人员不断获救，记得一位被埋十余日的生命获救的消息传来，民众欣喜，震惊内外。但在那两次事故中，也发现不少社会问题，有的人为了逃生不顾他人，桥梁和楼房建筑偷工减料更是惊人。后来三丰百货大楼负责人被从重判刑，当时的总统金泳三也不止一次就事故的发生向全体国民致歉。

这次客轮沉没，也出现了不少可歌可泣的人和事。一位名叫朴智英的23岁船员，一直留在船上，把救生衣让给学生们，最后来不及逃生而献出自己的生命。还有一位副校长，是学生前往济州岛游学的负责人，他虽然获救，但终因内疚而自杀，他的遗书称“无颜面对学生”。笔者不赞成他的做法，但也看到他的内心世界。还有更多的志愿者，为焦急的失踪者家属送饭送水，日夜奔忙。但另一方面，人们也看到，代船长等人在危机时刻毫无责任心，竟最先弃船而逃，遭到人们的唾弃，已被刑事部门拘留。大规模的搜救还在进行之中，事故的责任也有待调查。

任何一个国家都不希望发生大型事故，但一旦发生，又可使领导者和国民警醒，从而认真吸取教训，提高领导者的能力，提高国民的素质，积累处置大型事故的经验。任何一个国家都是如此。这次韩国发生客轮沉没事故，当然不是一件好事，民众对政府和各方面难免有怨声，但只要认真对待总结，就会在各方面取得新的进步。正如韩国《中央日报》评论指出的，这次沉船事故，向世界响起警号，保持高度安全意识，永远不可松懈；即使自认为发达的国家，也不可掉以轻心。笔者认为，评论所言十分中肯，期待并相信韩国经过此事将会吸取教训，改进各方面工作，展现一个新的面貌。

（2014年4月21日）

静 心

不知不觉老年已至，如何度过，不能不想。近日去看望97岁的老大使吕志先和他的夫人90岁的朱志坚，交谈中获益不少。

这两位老人，抗日战争时期参加革命，出生入死，资历不浅。新中国成立后转到外交部工作，曾出任中国驻几个国家的大使，1976年调任中国驻朝鲜大使。我在平壤与他和夫人认识，距今已快四十年，但两位老人给我的印象十分深刻。平时他们平易近人，没有任何特殊，使馆庭院种菜，他们也参加劳动。工作上对人严格要求，对不正之风，批评不留情面，但事情过去，仍然信任使用，不记仇，更不穿小鞋。我在他手下工作了近五年，始终身心舒畅。

现在他们已进入耄耋之年，女儿、女婿和他们住在一起，照顾他们。据善于观察的女婿讲，两位老人的身体情况很不一样。老爷子最近高烧住院治疗，回来后发现反应不如以前，但身体的其他器官正常，医生说血压、心脏跟70岁人一样。老太太情况不同，长期患糖尿病，血压也一直较高，而且得了乳腺癌，80多岁动了手术，但头脑一直很好，反应灵敏。女婿强调，但两位老人有一个共同的特点，那就是性格开朗，心静如水，不拿资历去争名利，更不争权位，而是甘心做普通百姓，过平平常常的日子。这恐怕就是他们长寿的“秘诀”。我觉得他说得很有道理。

他的这番话也使我回忆起多年前的往事。那是1976年，唐山发生地震后，北京至平壤的国际列车停运，吕志先大使乘飞机到达平壤赴任。当年他已59岁，但身体很好，看起来也很年轻。我当时在使馆办公室任职，负责大使的接待，当晚安顿休息无事。次日清晨起来，还没来得及去看望，他已在院子里散步，普通衣裤，穿戴朴实，使馆的庭院不是很大，他转了一圈又一圈。从这一天开始，直到他离任，每天在使馆院子散步是他一天的首要日程。

吕志先大使的起居、饮食没有任何特殊。我经历过多位大使，他们的资历都不浅，生活上有点特殊要求也不为过。就拿吃饭来说，一些大使要单独就餐，夫妇开一桌，吃小灶。而吕志先没有这样的要求，吃饭和大家在一起，围坐在一张圆桌，饭菜和大家完全一样。冬天室内运动，夏天室外游泳，更是和馆员打成一片。

使馆几十人，分政务、经参、商参、武官、文化、领事等各个部门，人员来自五湖四海，相互合作，关系密切，但也有时出现矛盾，甚至闹得较大。大使是对外官衔，对内则是馆长、党委书记。平日馆长、书记好当，但一旦矛盾闹起、闹大，处理起来就很不容易。吕志先担任馆长期间，也曾遇到过使馆内部闹矛盾闹得较大的情况，但他能心平气和对待，个别谈话以理服人，对有缺点的干部，谈后还是放手使用，一碗水端平，并不记恨。他的诚恳正直品德，得到大家的称赞，全馆和谐气氛始终很好。

退休后，我经常去他家看望，记忆深刻的是，老人仍坚持散步，除此之外就是打麻将，每天在离退休干部中心凑一桌。他的理由是，锻炼脑子，防止糊涂。那年他 90 岁生日，孩子们带着孙子、重孙子，回家给他祝寿。这本也应该，人生能有几个 90 岁。我也记着这一天，和老伴一起去他家道贺。但开开门，却不见老人。我问他夫人：“大使哪儿去了？”夫人回答：“打麻将。”我惊讶：“今天不是他 90 大寿吗？”夫人说：“打麻将不论哪天，不能停。”这就是老人的心态，即使 90 岁生日当天，也不能打破他的生活节奏，从此也窥测到他的心态是多么平和。

其实老人的夫人，心态也是很平和的。她并没有把他 90 大寿看得很重，拦着老人去打牌，去做他自己喜欢的事情。三十多年接触，感到她是有口无心的人，什么事她都关心，都要直陈自己的意见，但什么事她都不看得过重，更不会因此对人抱成见，给自己带来负担。八十几岁患癌症，她仍乐观对待，相信医生，也相信自己，这反倒助益了她的治疗和恢复。俗话说“没心没肺”也可能不好听，但对她则可能是她长寿的“秘诀”。

静心，是老年人长寿的秘诀，也是青壮年健康最重要的因素，而在物欲横流的当今社会，要真正做到却很难。吕志先老人和他的老伴在这方面为我们做出了表率，我们不能不由衷地敬佩。

（2014 年 5 月 9 日）

“四菜一汤”的现实意义

近日，习近平总书记在兰考指导县委民主生活会后，在当地食堂四菜一汤用午餐。据悉，四菜一汤为：干煸菜花、中原大烩菜、红烧羊肉、香菇烧牛肉和冬瓜排骨汤。在大吃大喝成风的今天，他已多次与民同吃，这次又为各级干部做出了表率。

四菜一汤相传起源于14世纪明太祖朱元璋，以警示官员大饮大食，铺张浪费。据说第一道菜是炒萝卜，第二道是炒韭菜，第三和第四道都是炒青菜，最后上一碗葱花豆腐汤。朱元璋当众宣布：“今后众卿请客，最多只能四菜一汤，谁若违犯，严惩不贷。”此事真伪，无从查考。

但新中国成立后，周总理坚持四菜一汤招待客人，却是不争的事实。据说1949年10月1日新中国成立，当晚周总理在北京饭店举行国宴，招待600名内外嘉宾，当时就是四菜一汤标准。20世纪70年代，我曾有幸参加过周总理招待外宾的宴会，也是坚持四菜一汤。我还不止一次参加过周总理深夜主持的会议，午夜过后，服务员送来夜宵，每人一份，两个小包子，一碗稀粥，周总理与大家一起享用。我还听说，有一次外交部召开使节会议，周总理招待中国驻外各位大使，除让大家交粮票外，进餐中端上了窝头，寓意深刻，不言而喻。

但是，不知从什么时候开始，公款请客，大吃大喝，奢靡之风，在干部中流行起来并发展到严重地步。一桌饭往往几千元甚至上万元，实在惊人。这种风气不仅脱离了群众，背离了我们党的宗旨，而且毁了不少干部。中共中央宣布八条规定后，仍有个别人顶风作案，说明问题的严重性。习近平用餐四菜一汤，不是偶然的。

习近平在河南考察期间，针对当前的情况，提出要求党员干部堂堂正正做人，实实在在做事，清清白白为官，非常及时深刻，令人猛醒。

（2014 年 5 月 14 日）

朝日“和解”究竟能走多远

近日，朝鲜和日本代表在斯德哥尔摩举行会谈，出人意料地就长期搁置的“绑架问题”取得共识，朝鲜承诺重新全面对绑架受害者进行调查，日本方面正在考虑在平壤设点，派人协助此事。日本方面还称，如果调查付诸实施，它将考虑取消部分对朝鲜的制裁。外界称对朝日双方来讲这或许是一个“突破”。

“绑架问题”发生在20世纪70年代，朝鲜特工在海外绑架日本人，强制带回国内。但朝一直否认，朝日间曾有接触未果，“绑架问题”遂成为双边关系中一大悬案。

2002年出现转机，经过幕后交涉，时任日本首相的小泉纯一郎于9月突访平壤，与朝鲜最高领导人金正日举行会谈。金正日在会谈中首次承认，朝鲜曾于20世纪70年代在沿海州一带绑架过日本人，就此向日方表示了“歉意”，还提交了一份被绑架者名单。会谈后发表了《朝日平壤宣言》，事情终大白于天下，但在日本却引起轩然大波。日方不仅要求查清名单上人员的下落，而且怀疑同时期失踪的其他日本人是否也曾遭到绑架，“绑架问题”仍遗留在朝日关系之中，未获彻底解决。

其后多年，朝鲜和日本之间断断续续有过接触，商谈“绑架问题”，但没有取得任何结果。日本参加朝核六方会谈，其目的之一也是试图通过与朝鲜代表的接触，在“绑架问题”上取得突破，但终未如愿。

安倍政权图谋解禁行使集体自卫权，朝鲜对此十分警惕，不止一次发表评论，严加谴责。因为朝鲜毕竟遭受日本三十六年殖民统治，刻骨铭心，难以忘却。朝日关系的走向，不可能不对“绑架问题”的解决产生影响。再者，此事还与美日韩对朝合作机制相关联。朝鲜不无打乱此机制、减少所承受的压力之企图，但日本面临朝鲜核武器和导弹威胁，对于坚持多年的美日韩对朝合作机制又不能完全置之不顾，更何况还牵涉已经引起美国疑虑的日美关系。

根据朝鲜中央通讯社报道，朝鲜和日本双方在会谈中，按照《朝日平壤宣言》围绕清算不幸历史、解决悬而未决问题、实现邦交正常化进行了真诚的会谈。但朝日关系的根本改善牵涉复杂的美日韩关系，牵涉日本今后的走向，也牵涉地区局势的发展，“绑架问题”的解决不可避免会受多方掣肘，朝日邦交正常化更可能旷日持久。

（2014 年 6 月 3 日）

朝鲜半岛姓氏

近日，朝鲜官方通过通讯社，为金正恩妹妹的汉字名字“正名”。因为最近以来，金正恩的妹妹登上政治舞台，外国通讯社报道时音译多为“金汝静”或“金汝贞”，朝鲜官方这次更正为“金与正”。尽管这个名字不像一位女性的名字，但客随主便，也只好以此为准。

再早，金正恩的名字也出现过差错，把第三个字译为“银”，后经朝鲜“正名”才改过来。金正恩的夫人第一次出来的时候也出现过类似的情况，她名字中的前两个字音译为“李雪”是很准，但第三个字多译为“珠”字，也许因是夫人的名字，“李雪珠”很有女性韵味，尽管后来朝鲜官方更正为“李雪主”，让人感觉不如“珠”字，也只好以朝鲜官方“更正”的名字为准。

回想过去，金正日第一次出现的时候，他的汉字译名也出现过差池。相当一段时间，他的汉字名字译为“金正一”，朝鲜官方“正名”后才开始使用“金正日”并一直延续下来。

说起此事，不能不谈到朝鲜的文字。古代朝鲜半岛，民众虽有自己的语言，但却没有自己的文字。要记录什么事情，只能借助汉字。1443年，朝鲜王朝第四代国王世宗主政，在他的主持下创造了拼音文字，史称“训民正音”。现在无论朝鲜还是韩国，使用的拼音方块字都是由此而来。这种文字书写虽类似中国象形文字，但其实还是由字母组成表音文字，而且有70%的词汇来源于汉字，人名、地名更是有固定的汉字。有的名字只有问本人，才知道是哪几个汉字。这就是朝鲜半岛的人名容易弄错的原因。

韩国部分保留使用汉字，特别是姓名，为了避免出错，他们签名时都用汉字，比如“金大中”“金泳三”等，不过对有些人的姓氏，有时还是难以弄准。金、李、朴是三大姓，不容易弄错，但“张”和“蒋”，“郑”和“丁”，在韩语中发音完全相同，有时认识一个人已很久，原以为姓“郑”，问了本人才恍然大悟，原来姓“丁”，不是笑话吗？

朝鲜则不然，已经取消使用汉字，见诸报端的名字是拼音文字，签名也是拼音文字，发音相同的字若不问本人是哪几个汉字，就很难弄准了。“金正日”“金正恩”“金与正”“李雪主”的名字最初不准也难怪，为此朝鲜官方出面“正名”就是不可避免的了。

（2014 年 6 月 22 日）

韩日围绕慰安妇问题烽烟又起

近日，韩国和日本围绕慰安妇问题烽烟又起，日本企图否认“河野谈话”，韩国对此坚决反对，引起国际上的广泛关注。

“河野谈话”发表于 1993 年，时任自民党干事长的河野洋平发表谈话，阐明日本关于慰安妇问题的立场。他承认，日本在侵略朝鲜半岛期间，确实曾强征过韩国妇女为慰安妇，并就此表示了道歉和反省。但安倍上台后，却企图否认“河野谈话”内容，特别是今年 2 月，他指示成立专门小组，调查“河野谈话”出炉的背景，妄图为推翻谈话找到根据。韩国几次警告日本，切勿采取这样的行动。

朴槿惠就任总统以来，多次要求日本正视历史，坚持“河野谈话”精神，为解决慰安妇问题创造条件。她还不止一次强调改善韩日关系要解决慰安妇问题，称再不要往尚未愈合的伤口上撒盐。

但日本反其道而行之，安倍虽口头上表示继承“河野谈话”，但同时又利用各种机会，试图对其内容进行修改。根据安倍指示成立的专门小组，预定 6 月 20 日向国会报告“河野谈话”出炉的经过，并有意透露当时曾与韩国“秘密磋商”，受到韩国的“影响”，其目的昭然若揭。消息传到首尔，韩国惊愕，强烈反对。6 月 17～18 日，韩国外交部负责人发表声明称，如果日本发表所谓的“调查报告”，韩国将作出强烈反应。但日本不顾韩国的多次劝阻，仍一意孤行。

6 月 20 日，日本政府向国会提交了对“河野谈话”出台过程的调查报告。称日韩两国政府曾私下就谈话的文字表述作过修改，认定“河野谈话”出台过程中受到韩国政府影响。与此同时，日本方面又称，日本不会对“河野谈话”进行修改，仍希望与韩国改善关系。

对于日本的这一行径，韩国当天即作出强烈反应。韩国政府发表声明称，日本政府一方面声称要继承“河野谈话”，一方面又对其制定过程进行调查，韩国政府已多次强调，这种自相矛盾的行为毫无意义，并对日本政府的一意孤行深表遗憾。韩国政府声明强调，日本政府的所谓“调查报告”，不过是为了掩盖事实真相，破坏“河野谈话”的可信性。

日本的所为，在国际上也引起反响。中国外交部发言人称，日本军国主义对亚洲人民犯下的强征慰安妇罪行，铁证如山，翻案不得人心，督促日本以实际行动和负责任态度，妥善处理包括慰安妇在内的历史遗留问题。美国国务院发言人称，慰安妇问题是日本和韩国等国改善关系的支点，要求日本继承“河野谈话”精神。

就在日本公布《河野谈话报告》的同一天，韩国海军罕见地在独岛海域举行了射击训练。据悉日本政府事先曾要求韩方取消该项训练，但遭到拒绝。韩国称演习是为了应对朝鲜潜艇侵入，而训练却牵涉韩日之间有争议的海域。看来，韩日关系恢复正常，仍是遥遥无期。

（2014 年 6 月 24 日）

习近平访韩的战略意义

应韩国总统朴槿惠的邀请，中国国家主席习近平将于 2014 年 7 月 3～4 日对韩国进行国事访问。其实，6 月中旬，第二届中韩公共外交论坛在北京召开，外长王毅在致会议的贺信中就提及，习近平主席将在不久后访韩。此前王毅外长 5 月 26 日访韩，主要是为习主席访问与韩方作最后的协调。韩方对此高度重视，朴槿惠会见王毅时表示，她对习近平访问韩国报以极大的期待。

还是去年 6 月，朴槿惠应邀访问中国时，习近平主席就接受了她访问韩国的邀请。那次访问期间，习近平还特别偕夫人彭丽媛与朴槿惠单独会见。访问结束发表《中韩面向未来联合声明》，促进了良好的中韩关系向着深度广度进一步发展。

今年以来，中韩高层保持着密切的来往。据韩国媒体报道，今年 1 月底，习近平曾罕见地致信朴槿惠，祝贺她 62 岁生日。习近平表示欢迎朴槿惠今年 11 月来北京参加 APEC 非正式会议，并透露他在年内双方方便的时候准备访问韩国。

3 月 23 日，习近平主席出席在荷兰海牙举行的核安全峰会期间，与朴槿惠总统举行了会见。两位领导人再次确认不断推动中韩关系发展、维护地区和平稳定的共同意愿，并强调中韩保持经常联系和来往，充分显示了中韩关系的密切和重要性。

4 月 23 日，习近平主席与朴槿惠总统通电话表示，韩国“世越”号客轮不幸发生了严重事故，造成大量人员伤亡和失踪，其中包括 4 名中国人，令人深感痛心。他再次对遇难者表示深切哀悼，向遇难者和失踪人员家属及伤者致以诚挚慰问。他还表示，中方将根据韩方要求，向韩方提供救援设备，并尽快派往事故海域。朴槿惠对此表示感谢，并对马来西亚客机失联造成中国旅客遇难表示深切哀悼。

中国和韩国于1992年正式建交以来，双边关系发展迅速全面。正如王毅外长所说，中韩关系的发展，不仅有利于各自国家经济建设和繁荣，而且有利于朝鲜半岛与东北亚局势的稳定。

建交22年来，中韩保持了高层互访和沟通，中国主要领导人先后访问了韩国，韩国总统也无一例外地多次访问了中国。中韩各领域的交流与合作空前活跃，去年双边贸易额已突破2700亿美元，互为重要贸易伙伴。朴槿惠就任总统后，更打破大国外交的顺序，虽维持以对美关系为基轴，但对华关系超越日本，提升到韩国对外关系的第二位。

中韩关系的发展，对朝鲜半岛和东北亚的和平稳定具有重要意义。人们希望这一地区实现长治久安，而实际上存在诸多不稳定因素。中韩双方从地区和平稳定大局出发，在相互尊重、平等互惠的基础上发展双边关系的同时，始终共同努力，为地区局势的稳定不断做出自己的贡献。

习近平作为中国国家主席首次访问韩国，将是朝鲜半岛和东北亚地区一件大事，通过与朴槿惠总统的深入广泛的会谈和多项重要访问活动，将使全面快速发展的中韩关系更上一层楼，同时也必将为推动这一地区局势的和平稳定做出重要贡献。韩国各界正在积极准备迎接习近平主席，韩国舆论称这次访问将是“里程碑性质的”。

（2014年6月30日）

中国的朝鲜半岛政策

习近平主席访韩已结束多日，但仍回味无穷。提及这次访问，很自然想到二十二年前的中韩建交。中国对朝鲜半岛的政策，几十年来随着国际和地区局势的变化，与时俱进，不断作出调整。笔者认为，1992年中韩建交，是中国对朝鲜半岛政策的一次根本性转折。

不错，中国在朝鲜半岛曾支持过一方，不承认另一方，那是当时的国际和地区局势所造成，有着历史的背景。但到20世纪90年代初，形势发生了根本性的变化。

从国际上看，苏联解体，冷战格局打破，国际局势朝着美一家称霸发展，冷战思维已无立足之地。地区局势也发生了变化。朝鲜半岛南北开始打破隔绝，时有来往和接触，而且共同参加100多个国际组织。1991年，朝鲜摒弃反对制造“两个朝鲜”主张，当年9月，联合国通过决议，接收朝鲜与韩国加入成为正式成员。

从我们国内看，实行改革开放政策已十几年，对外政策也发生了很大调整，对朝鲜半岛政策也不能例外。其实从20世纪80年代初开始，我们在国际多边活动中就开始对韩国有所松动。1986年和1988年，中国两次派大型体育代表团参加了汉城亚运会和汉城奥运会；1990年，北京亚运会又接待了韩国体育代表团。面对韩国经济的发展和国际影响的扩大，我们再也不能回避，特别是韩国和朝鲜同时加入联合国这个国际上最大的政府组织之后，中国决定进一步调整对朝鲜半岛政策，承认韩国并与其建立外交关系。

中韩建交谈判只用了三个月，举行了三轮谈判，就达成了协议，比预计快了很多。1992年8月24日，中韩外长在北京举行了签字仪式，宣布两国正式建立外交关系。二十二年时间不长,但朝鲜半岛局势发生了很大变化。

中韩关系的发展,是朝鲜半岛的一个稳定因素。这次习近平主席访问韩国,全面阐述了中国在朝鲜半岛的政策,指出中国愿意与韩国成为实现共同发展的伙伴,致力地区和平的伙伴,携手振兴亚洲的伙伴,促进世界繁荣的伙伴。他还指出,朝鲜半岛问题的解决,需要各方坚持对话,相互释放善意,照顾各方关切,从而推动朝鲜半岛无核化和持久和平的进程。笔者认为,习近平这次访韩后,中韩关系将进入一个新阶段,朝鲜半岛局势在各方努力下也会逐步有新的发展。

(2014 年 7 月 17 日)

教皇亚洲之行缘何选韩国

教皇方济各访韩国，这是继 1984 年和 1989 年之后教皇对韩的第三次访问，也是方济各的第一次亚洲之行。方济各受到高规格礼遇，到达当天，总统朴槿惠亲往机场迎接，之后在青瓦台举行隆重欢迎仪式，并与之正式会谈。

访问期间，方济各还到外地出席了亚洲天主教青年日活动，亚洲几十个国家的青年代表参加了这个集会；会见了韩国沉船遇难者和慰安妇代表；为 124 名天主教殉职者举行了“宣福礼”。

笔者曾在韩国呆过几年，深感韩国是一个现代化国家，但又是一个宗教盛行的国家。全国近 5000 万人口中，有近 1000 万人信奉佛教。全国各地大小庙宇寺院很多，保存完好，供信奉者参拜。每年 5 月佛诞日来临，首尔主要街道挂满一串串画有佛像的莲灯，高楼林立的街道顷刻充满古韵，夜晚点亮更是一道别具特色的风景。佛诞日当晚，一些大的寺庙还要举行盛大纪念仪式，参加者蜂拥前往，喧嚣直至深夜。

不过在韩国，影响更大的是基督教和天主教，信徒超过 1000 万人。1898 年第一座天主教堂在首尔明洞区建成，成为天主教在韩国的重要象征。这座以暗红色的石砖砌就的教堂，取欧洲哥特样式，尖顶高 45 米，矗立在明洞东街，远远就可以望到。那之后，高高低低的教堂如雨后春笋般出现在首尔和全国各大城市，星罗棋布，不计其数。每逢星期天，到教堂礼拜者络绎不绝，不仅有一般市民，还有总统、总理等政府各级高官。

天主教在韩国政界的作用也不可小视。红衣主教金寿焕在世时，曾是韩国天主教活动的中心。此人 1951 年被任命为教主，1969 年被任命为红衣主教，在他领导韩国天主教期间，信徒数量迅速增加。金寿焕待人常言“谢谢”，态度温和，主张博爱，为人低调，和蔼可亲，但每逢政局突变，他都会站在民众一边讲话。在朴正熙时期，他声言反对军事独裁；在全斗焕时期，“光州事件”发生后，他反对动武流血。因此，他在民众中有很高的威望，甚至企业工人罢工，也到明洞教堂前静坐，争取他的支持。他还与为韩国民主化长期斗争的在野党领袖金泳三和金大中关系密切；金泳三和金大中就任韩国总统后，曾邀请金寿焕主教到青瓦台晤面，了解民情，听取意见。2009 年，金寿焕红衣主教逝世，时任韩国总统李明博出席了他的葬礼。这次方济各教皇访问韩国在首尔活动时，竟有几十万人走上街头参与，可见天主教在韩国影响之大。

这次教皇访问韩国还有一个副产品，那就是试探与中国改善关系。1989 年前教皇保罗二世访问韩国，专机拟过境中国上空曾遭到拒绝。但其后情况逐渐发生变化。据报道，2013 年习近平就任国家主席，方济各曾发来贺电。这次专机过境中国上空，得到中国方面同意，方济各向习近平发来电文致意。中国外交部发言人称注意到此事，中国愿推动与梵蒂冈改善双边关系。当然这是一个意外的收获。

（2014 年 8 月 19 日）

韩朝关系中的一个插曲

2014 年 8 月 18 日是韩国前总统金大中逝世五周年。在此前一天，朝鲜最高领导人金正恩，为表达对逝者的悼念，向韩方赠送了花圈和唁函。朝劳动党中央统战部部长金养健前往开城工业园区，向韩国在野党新政治民主联合议员朴志元等转交了花圈和唁函，双方并进行了交谈。花圈缎带上写着："悼念故金大中前总统。"韩国当局当天也举行了悼念前总统金大中逝世五周年的活动。

对于金大中逝世五周年，金正恩出面悼念非同寻常，但也并非偶然。金日成作为朝鲜最高领导人曾执政几十年，始终关注韩国政坛动向，支持在野党领导人金大中和金泳三为反独裁争民主进行的斗争。

金日成晚年总结朝鲜半岛南北关系的经验和教训，曾准备在平壤会见来访的金泳三总统，打破南北关系的僵局。那是 1994 年 6 月，经过美国前总统卡特斡旋，金日成和金泳三决定在 7 月下旬举行会晤和会谈，就朝鲜半岛局势和南北关系问题交换意见。正当南北双方为此准备之时，金日成心脏病突发，于 7 月 8 日不幸逝世，历史性的南北首脑会谈遂成泡影。

2000 年 6 月中旬，金正日在平壤会见了时任韩国总统金大中，并与他举行了会谈。访问结束，朝韩双方发表了《南北共同宣言》，开辟了南北关系的和解时代。位于开城的南北工业园区，就是南北和解的成果之一。南北交流与合作也曾活络过几年。

2009 年 8 月 18 日，金大中前总统逝世，朝鲜派出党中央书记金己男前往首尔参加葬礼，向金大中遗孀李姬镐女士表示慰问。那次金己男还会见了时任韩国总统李明博，转达了金正日的口信。对于韩国领导人去世如此高规格的哀悼，在韩朝关系史上是没有过的。

2011 年 12 月，金正日逝世，朝鲜举行了隆重的追悼活动，并接待了李姬镐女士前往吊唁，这在南北关系史上也是没有过的。当时李姬镐表示，以此次访问为契机，希望南北关系走向和解。

但是，朝韩和解何其艰难。就在送花圈的次日，韩美“乙支自由卫士”联合军事演习开始，朝鲜人民军总参谋部对此发表声明强烈谴责，指出军演实际上是针对朝鲜的核战争演习，朝鲜将“在任何时候以我们的方式发起最强有力、最无情的先发制人的打击”。纪念金大中逝世五周年，不过是紧绷的朝韩关系中的一个插曲。

（2014 年 8 月 21 日）

邓小平始终关心朝鲜半岛局势

对于邓小平波澜壮阔的一生,笔者知道的有限,现仅就他关注朝鲜半岛局势的有关情况,写一短文,以纪念他诞辰一百一十周年。

邓小平一生关注中朝关系,曾几次访问朝鲜。毛主席、周总理逝世后,1978 年 9 月,邓小平作为党的副主席,率党政代表团参加朝鲜国庆三十周年活动,受到朝方的破格接待。当时访问朝鲜的还有几个国家的总统,但金日成一直把邓小平放在各项活动的首位。金日成还在繁忙的日程中,抽出一整天时间,与邓小平会谈,就国际局势等问题,听取邓小平的意见。记得邓小平阐述了对国际形势的看法,强调社会主义国家要利用当前有利的国际局势,发展自己,壮大力量,显示社会主义的优越性。那次访问之后不久,中共召开了十一届三中全会,走上改革开放的道路。

邓小平关心朝鲜半岛和平稳定,致力打破旧的格局。他在会见美国人士时曾不止一次谈及朝鲜半岛问题,指出美国应做出努力,保持半岛局势的和平稳定。中国曾长期与韩国互不承认,没有任何来往,处于隔绝状态。但根据国际和半岛形势的发展,从实际出发,1982 年,中国调整对韩国的政策,在多边国际活动中,开始与韩国接触交往。邓小平在会见国内外人士时,多次谈到中国要与韩国改善关系,指出这样做不仅有利于中国经济发展,也有利于中国的对外关系,对于朝鲜半岛南北关系的改善也是有好处的。现在看来,邓小平早就想打破大国支持朝鲜半岛南北双方对峙的旧格局,建立新的格局。

邓小平晚年破例会见金日成。1991 年 10 月,一生 40 余次访华的金日成,最后一次正式访华,除北京外,还去了山东、南京。当时邓小平因为年事已高，已不再会见外国客人，但对金日成他还是破例会见。当邓小平乘车来到钓鱼台国宾馆 18 楼时，金日成早已在门前恭候。两人并肩走进会客厅落座，进行了近一个小时的谈话。当时苏联和东欧发生剧变不久，国际形势起伏动荡，邓小平深刻分析了复杂的国际形势，指出国际共产主义运动处于低潮，但只要社会主义国家坚定不移，努力发展经济，壮大自己，社会主义是有前途的。这是小平同志最后一次会见金日成。

可以说，邓小平一生在日理万机中仍始终关注朝鲜半岛局势，我们有幸从中得到很多教益。

（2014 年 8 月 23 日）

一对老夫妇的对话

老太：这日子真不知道怎么过的，就像歌里唱的，时间都去哪儿了？一转眼，我们都快 80 岁了，真到了耄耋之年，可我怎么也不相信，总觉得自己现在还像五六十岁。

老头：那好啊！说明你年岁虽然老了，但心理还年轻，这对身心健康是有好处的。

老太：唉，其实也不是，别看我成天乐呵呵的，心里的想法也很多呢。

老头：你想的最多的是什么？

老太：到了我们这个年纪，想的最多的是生病，无论你原来有多健康，随着年龄的增长，免疫力下降，这病那病就会找到身上来。

老头：这也是自然规律，没什么可奇怪的，如果老年人都不生病，那才叫奇怪呢！我们俩都有高血压、高血脂，几年来遵医嘱坚持服药，不是控制得很好吗？

老太：就怕脑子哪根血管突然堵塞了，心脏哪根血管堵塞了。

老头：那就赶快叫“120”去医院抢救呗！

老太：抢救不过来，一闭眼就过去了，倒也痛快，省得自己和家人都受罪。

老头：那倒是，不少人到最后被送入重症监护室，又插管子，又上呼吸机，最终还是无效，我要到那时，你们千万不要抢救我。

老太：说是这么说，人都有求生的欲望，家属也会千方百计地让自己的亲人活过来。

老头：我看到过一篇报道，一位美国医生，他的老父亲得了绝症，已是晚期，医生知道已无法救治，他想，与其给他化疗放疗，受尽痛苦，最终还要送他归天，倒不如趁他还有一定的精力，把他送到乡下，让他在山清水秀、阳光明媚的故乡，和老乡亲们一起快快乐乐地度过最后时光。于是他瞒着实情，带父亲回到乡下，老人欢欢喜喜地度过每一天，又活了好长时间。

老太：我也从电视上听过一个真实的故事。忘了是哪国的一位妇女，知道自己到了绝症晚期，她并没住进医院，而是让女儿带她周游世界，走到哪里不行了，就在那里终此一生。

老头：他们这种乐观的精神真让人感动。

老太：说到这儿，我又想到第二个问题。老人生病不治的结果就是死亡，无一例外，人都要走这条路，特别是已到耄耋之年的我们，时常想到死，也是非常自然的吧？

老头：当然，这无可非议，关键在于我们对此应抱什么态度。记得我们的老师季羡林在许多文章中写过他对待死亡的态度，他把陶渊明的四句诗作为自己的座右铭："纵浪大化中，不喜亦不惧。应尽便须尽，无复独多虑。"

老太：对了，我们曾多次拜访季老，记得他说过："偶尔想一下死也是自然的，但不必老想，不要为此惶惶不可终日，最正确的态度是顺其自然，泰然处之。"

老头：诺贝尔文学奖得主莫言也说过："来是偶然，去是必然，尽其当然，顺其自然。"

老太：他们说得真好，你看，季老不是活到98岁吗？如果我们也活到98岁，还能活二十年呢！但无论活到多少岁，人终有一死，由此我就想到第三个问题，到时我们捐献遗体，最后为国家的医学事业做点贡献。

老头：这个我太赞成了。还有就是不要请那些七八十岁的老朋友们大老远地去八宝山和遗体告别，增加他们的悲痛心情和思想负担，反而不利于老人们的身心健康。

老太：太对了，我早有这个想法。哎，我说老伴儿，咱别说这个了，怪沉重的，还是说说咱们的计划吧！

老头：什么计划？

老太：去欧洲旅行呀！别看咱们快80岁了，腿脚还行，趁身体还能承受，快实现咱们的“梦想之旅”吧！

（2014年9月14日）

海边骑游

清晨，和老伴儿在北戴河海边散步，时常看到一些年轻人骑着双人或三人自行车在海边公路上畅游。双人自行车多是一男一女，一前一后，四条腿蹬得很默契，无疑是一对对情侣或青年夫妻；还有的是一家三口，爸妈带着七八岁的孩子，骑着三人自行车，孩子在中间，边蹬车边举着双臂高兴地叫喊。我和老伴儿真羡慕他们。这时，老伴儿突发奇想，说："我们也去租一辆双人自行车，我骑在前面，你骑在后面，试试看，有信心没有？"我没有任何思想准备，出于女性的谨慎，说："咱们都七八十岁了，不比人家年轻人，还是算了吧！"

正说着，忽见从我们后面海滨公路上骑来一队自行车，骑车人都头戴帽盔，身穿红色马甲，马甲后面印有醒目的"骑游"二字。再一看车，都是专用公路自行车。这一队骑车人，有的半伏在车把上，骑得较快，像专业运动员；有的则边蹬车，边欣赏海景，优哉游哉。

我们离开海边，穿过马路，走进一片松树林中，只见有几位穿着同样"骑游"服装的人正坐在石凳上休息，在石桌旁边靠着几辆红红绿绿的自行车。我们不觉走近他们，跟他们搭起话来："你们是从哪儿来的？""我们都家住秦皇岛，退休后组织了一个骑游队，每天早晨相约一起，沿海边骑车来北戴河，在这里休息一会儿再骑回去。"有人回答说。我们仔细看，可不是，都不年轻了，但个个都显得身体强健，精神抖擞，其中还有一位女性，我问她："你们也就是 50 出头吧？""谁说的，我们都 60 多了。"那位女性指着她身边的一位男士说："他是我丈夫，快 70 了。我们这个队里还有八十四五岁的呢！""你们每天都坚持骑车吗？""除了狂风暴雨天，每天都坚持，来回 30 公里，回去正好做午饭。"

说着，过来一个壮实的男子，看样子已过花甲，推着一辆红色的车，在我们近处坐下。我们见他的车锃光瓦亮，结构样式也有些与众不同。一问，果然是新买的。这位男子满脸自豪地说："这是世界名牌'崔克'(TREK)，公路自行车中的佼佼者，人民币八万五，听说美国前总统克林顿、小布什都骑过这个牌子。"我们问其他人的车价，有的说七八千，有的说两三万。我好奇地问："还有比八万五更贵的吗？""当然有，八万五前面再加个十，十八万五的也有。"那位男子信心满满地说："我一定攒够钱，再买一辆十八万五的。"看他那认真劲儿，不像是说着玩儿的，我们祝愿他的美丽梦想早日实现，他笑着向我们表示感谢。

这时一行人戴起头盔，和我们说声再见，跨上车沿海滨公路踏上回程。我们看着他们红色马甲后的"骑游"二字，感慨万千。这些普通的百姓，以积极乐观的心态，利用临海而居的优越条件，创造一种我们享受不到的特殊健身方式，过着自己快乐的退休生活。我们用羡慕的眼光目送他们远去。

(2014 年 10 月 8 日)

他心里装着中国

他是韩国人，我认识他已经二十二年，从第一次接触，我得到的印象就是，他是一位质朴而诚恳的人。

今年 8 月 24 日，是中韩建交二十二周年。前一天，电话铃声响起，我拿起听筒，一个熟悉的声音传来。“权大使?”我有些惊讶。“是的，我在内蒙古库布其，不知明天晚上你有时间没有?”我爽快地回答：“当然有，你是想一起吃饭?”他答：“你可真会猜。明天是什么日子，你还记得吧?”我说：“不会忘，那就明天晚上见。”次日，按约定时间，我找了几位老朋友，在方庄“一碗居”餐厅，也是权大使最喜欢的餐厅，与他见面，品尝北京小吃，还小酌了几杯。

权大使的名字叫权丙铉，韩国职业外交官，曾出任驻华大使。看到这里，读者可能会问：他为什么去内蒙古库布其? 此事我看还是先从我与他的结识谈起。

1992 年 5 月，韩国外长来北京参加亚太经社理事会年会，中国外长与韩国外长进行了接触并达成协议，双方任命大使级代表举行会谈，讨论改善相互关系问题。其后韩方任命的代表，就是韩国外交部权丙铉大使。我当时在外交部亚洲司担任主管朝鲜半岛事务的副司长，于是与他有了见面的机会。

当时，权丙铉已在韩国外交部工作三十多年，从亚太局课员做到局长，长期主管亚太地区事务，当然包括与中国的关系。这期间，韩国与台湾保持“外交关系”，但权丙铉一直没有去过台北。他认为，北京是中国的真正代表。他曾出任过韩国驻缅甸大使，与当时的中国大使有过交往，而他夫人与中国大使夫人的关系更为密切。他向往北京，但当时中韩双方互不承认、互不来往，他的愿望无法实现。直到1992年5月被任命为中韩外交磋商韩国代表后，他才有机会第一次来到北京，据说从机场到宾馆，一路上他很少说话，透过车窗仔细观察街景，心里五味杂陈，很不平静。

当时的中韩外交磋商，实际就是建交谈判开始。韩国代表团由各部门人士组成，对与中国接触和建交前景，看法不尽一致。因为出发仓促，也没来得及统一意见。但权丙铉深知，与中国建交，必须与台湾“断交”，并做了充分准备。经过几轮周旋，双方虽有一些分歧，但韩方同意中方在台湾问题上提出的“断交、废约、撤馆”的要求，建交基本达成协议。谈判过程中我与权丙铉相识，感到他在重要问题上敢于决断，为建交谈判成功做出了贡献。

中韩建交后，权丙铉出任韩国外交部政策研究室室长，属外交部部长助理级，我作为中国驻韩国大使到首尔赴任，得到他很多帮助。我们两个家庭也经常友好聚会。那之后不久，权丙铉出任韩国驻澳洲大使，离开了首尔，但他心中仍然惦记着中国，曾不止一次从悉尼向我传来友好的信息。1997年，他从澳洲调回，正赶上迎来中韩建交五周年。一天他匆匆来找我，说中韩建交五周年意义重大，要好好庆祝一下，他在外交部内部推动，建议我也向国内报告，我完全同意他的意见。但正当建交五周年活动顺利推进时，不巧权丙铉突然被韩国外交部指派到国外出差，等他回来时离五周年只有一周时间。尽管如此，他仍倾力推动活动按期举行，而且在他的推动下，原中韩建交谈判中方代表团数人如期来到首尔，我举行的大型纪念招待会嘉宾云集，韩国政府副总理、外长也破格参加。

1998年4月，权丙铉被任命为韩国驻华大使，得到了中方同意，但还没有赴任。他作为候任大使，与我一起，陪同胡锦涛副主席访问韩国。访问间隙，权丙铉不止一次对我吐露心声：“我即将满60岁，出任驻华大使，是我的终生所愿，也可能是我的外交归宿。我将竭尽全力，为韩中关系发展做出努力。”虽是个人交谈，但看得出，他心情很不平静。

权丙铉1998年5月初到北京就任韩国驻华第四任大使，除受到外交礼宾上的热情迎接外，自然界迎接他的竟是一场铺天盖地的沙尘暴。递交国书，开始公务，一切顺利，但他心中不能不思考，如何面对这个意想不到的、有时沙尘暴甚至也刮到韩国去的新问题。

权丙铉在任两年多，为推动中韩关系发展竭尽全力，与此同时，他也暗暗下决心，要为中国防治沙尘暴尽一份力量。在任期间，他曾去过中国一些主要省市，参加当地举行的相关活动，同时他也没有忘记了解治理沙尘暴的情况，悄悄为卸任后做了准备。2000 年他卸任回国，尽管已 63 岁，他仍毅然投身于同中国合作植树造林、防治沙尘暴的战斗中。

2001 年 1 月，在权丙铉的推动下，韩国成立了韩中青少年文化交流协会，是一个以植树造林为主的民间组织，简称“未来林”，权丙铉自任会长。也就是从这一年开始，权丙铉每年带领 100 名韩国青年，到中国植树造林，防治沙尘暴。几年中，他们的足迹遍布陕西、甘肃、青海等地，种下数 10 万株树木。从 2006 年开始，在相关部门的协助下，权丙铉和他带领的百名韩国青年，落脚内蒙古库布其沙漠，为防治沙尘暴开始植树造林，修建“绿色长城”。权丙铉不顾高龄，每年带领韩国青年来到库布其，不管天气何等恶劣，这项植树活动从没有停止过。迄今植树已数百万株，长势良好，有的已经长大，在无际的沙漠中形成罕见的绿色林带。

权丙铉不仅自己植树，还带动了他的妻子和儿子。他的妻子李光爱曾两次随他来库布其植树，一次被累病，回国住进医院，但她仍然支持丈夫行动，没有丝毫动摇。权丙铉的儿子权赫大本来按照父亲的意愿，进入北京大学学了中文，后来在北京开了公司，但现在他又根据父亲的希望，成为“未来林”的一名职员，长期住在北京，联系相关事宜，像父亲一样投身植树造林事业。更有趣的是，权丙铉的女儿权颖雅嫁给了香港人，他们两人在国外学习时相识、相爱，走进了婚姻殿堂。权丙铉常不无骄傲地对人说：“我们家有中国元素，我的女婿是中国人。”

在“一碗居”晚餐席间，权丙铉拿出一张照片给我们看，只见在库布其种的一棵树上，挂着一个木牌，上面写着“权纯优”三个字。我们知道，这是他 8 岁的孙子。权丙铉告诉我们，他常对孙子说：“纯优，这是爷爷种的树，你长大来这里逛公园时，不要忘记爷爷，更不要忘记爷爷曾来中国种过树。”这朴实而真挚的话语，足以表达一位 76 岁韩国老人对中国的情愫。

（2014 年 10 月 12 日）

偶遇钱复先生

北京第二十五中学，前育英中学，10 月中旬迎来建校一百五十周年。六十年前我毕业于该校高中，荣幸应邀参加了校庆活动，并与当年同班同学聚会。

育英中学为美国基督教公理会于 1864 年在北京建立，后历经磨难，逐步发展成长。新中国成立后，于 1953 年更名为“北京第二十五中学”。该校以“致知力行”为校训，大力倡导文化教育和人才培养，一直是北京市重点中学，几十年培养出大批优秀人才。

我们班同学，六十年未相见，真的是“相见不相识”了。有的人白发苍苍，有的人弓腰驼背，有的人拄拐杖，大家都老了，即将进入或已进入耄耋之年。不过仔细看，还都留有六十年前的模样，无论走路、说话还是表情。我们班出现了不少人才，有的人成了工程师，参与了载人航天工程；有的人著书立说，《谈史论戏》《俞平伯的后半生》等著作就出自他们的手；有的人出国当了企业家，但不忘老同学，每年回国与几十位同学欢聚。

从全校看，更是人才辈出。曾任中共北京市委书记的李锡铭，1939～1944年就读于育英中学；曾任外交部副部长、前中国驻美国大使的韩叙，是 1941 年育英的高中毕业生；被誉为“中国足球教父”的年维泗，1953 年毕业于育英中学；被誉为“围棋棋圣”的聂卫平和“相声名人”姜昆，则分别为 1968 年和 1966 年育英中学的毕业生。此外，艺术界的刁光覃、企业界的柳传志、台湾词作家庄奴等，也均出自该校。

但让我没想到的是，台湾地区前“外交部长”钱复也曾在育英读过书，是1949年的初中毕业生。这天会场设在学校广场，主席台正中上方悬挂大字横幅，气氛正式而庄重。我到达后，无意浏览前面座位上贴有的名签，虽看到“钱复”名字，但很快加以否定“不会是他”。会场容不下所有参与者，我们班和其他一些班的毕业生被分配在几间教室看会场实况视频，当我看到钱复登台讲话时心里不禁一怔：“真的是他！”

搞了一辈子外交，对世界外交界的名人多少都有印象，钱复也不例外。20世纪90年代初，中韩建交，当时台湾“外长”是钱复。也许就是这个原因，我对钱复的相貌、印象格外深刻。中韩建交顺应了世界潮流，台湾采取不当举措，归咎于当时台湾当局，而非钱复一人之过。钱复卸任“外长”后曾担任台湾“国民大会议长”“监察院长”等职，后出任民间组织太平洋文化基金会董事长。2010年，他以台湾两岸市场基金会最高顾问身份，出席了在海南岛举行的博鳌论坛，得到时任国家主席胡锦涛的会见。他不止一次发表对两岸统一的看法，有记者问他：“您觉得两岸会统一吗?”他回答说：“我希望，我非常期待。”他还说：“主要看我们两岸同胞的智慧，有智慧什么时候都可以统一。”

这天我跑到主席台左侧，远远看到钱复坐在前排中央，面带微笑，神情淡定。他讲话已经结束，我没能听全，但他感谢母校的培养，说今后还要继续努力，却给我深刻印象。十年前，我曾参加北京二十五中学成立一百四十周年校庆，没有看到钱复，或许当时没有了解到他曾在二十五中读过书，也或许因受当时两岸关系的影响没有邀请他，而这次邀请他来出席校庆活动，意义非凡。人一生无论走到哪里，都不会忘记母校，不会忘记母校的培养。钱复不远千里来北京参加校庆活动，正好说明这一点。随着两岸关系的发展，这样的机会今后会越来越多。这次遗憾的是，没能走近钱复与他寒暄几句，以后或许还有机会。

校庆这天，校园里荡漾校庆之歌，是两位毕业生专为这一天而作，歌名为《跟·太阳追·梦》，其中唱道：

岁月悠悠过得快，
校园桃李争艳开，
同学少年常相聚，
根深叶茂育英才，

我的青春我的爱，
跟着太阳追着梦，
我的世界，我的未来。

（2014 年 10 月 16 日）

美大使遇袭风波

美国驻韩国大使，在上百名外国大使中，是受到最高规格礼遇的。据我回忆，他每次外出均有韩方派出的开道车，韩方贴身警卫也随行。美国大使馆更是戒备森严。尽管如此，3 月 5 日清晨，美国现任驻韩国大使李柏特在前往市中心的世宗文化会馆准备参加一个早餐会，进门时意外遇袭，脸部和手部受到重伤，鲜血染红衣衫。罪犯当场被抓获。

事件引起内外的震惊。韩国民众连日谴责袭击暴行。正在中东访问的朴槿惠总统向李柏特大使发来慰问电，美国总统奥巴马打电话向李柏特表示慰问。对一国大使进行袭击在韩国还是第一次，但在韩国，对名人发生类似的袭击事件已经远非首次。

1999 年，韩国前总统金泳三在机场曾受到鸡蛋和油漆的袭击，脸部受伤，不得不迅即离开机场，停止活动。2006 年，朴槿惠在担任大国家党代表期间，一天晚上外出参加活动遇袭，脸部受伤，缝了多针。这里且不说历史上有过的类似事件。

美国大使遇袭，正值美韩联合军事演习开始之际，但也不完全是巧合。美韩联合军事演习，每年年初都要举行，已持续多年。不过今年军演规模特别大，美军官兵几千参加，韩国官兵上万人参加。美国还打算动员军舰协助。本来朝鲜半岛就是一个敏感地区，大规模军事演习加剧了局势紧张的气氛。朝鲜又向东海发射导弹以示抗议，半岛南北对峙有增无已。

袭击发生后，朝鲜迅即作出反应，当天下午，朝鲜发表评论，指袭击事件反映了韩国国民的“反美民意”，是对美国的“正当惩罚”，也是“反抗”美韩军事演习的一种有效“表示”。8 日，朝鲜又针对它被指控可能是美驻韩大使遇袭事件的幕后主使发表评论予以强烈抨击，称有关说法是首尔的“恶毒诽谤”。

据韩国方面宣布，罪犯金基宗，50 多岁，“怀有强烈的民族主义情绪，经常单独作案，认为美国是朝鲜半岛统一的主要障碍”。他曾在前几年因不满日本否认侵略历史，向日本驻韩国大使馆扔过燃烧瓶。此人 1999 年以来，曾七次访问过平壤，但本人称，他袭击美国大使与朝鲜没有关系。

一些人对美韩联合军事演习持有不满，在韩国由来已久。韩国虽然在政治、经济、军事上依赖美国，但韩美关系多年来发展中也并非没有分歧。除军事基地使用、军事费用分担等问题外，近来韩国在诸如发展对华关系、参加亚洲基础设施投资银行等问题上，都受来自美国的掣肘。在韩国部署“萨德”系统问题上，韩美也还没有取得一致。韩美关系走向引人注目。

袭击事件发生后，美国国务院发表声明，强调美韩同盟“坚不可摧”，美大使遇袭不会影响美韩关系。朴槿惠从国外发来的慰问电也强调，袭击事件是针对韩美同盟的行径，绝对不能容忍。朴槿惠结束中东访问回到首尔当天，还前往医院看望美国大使。3 月 10 日，美大使恢复良好，也已出院。但事件并未了结，韩国已组成专门小组进行调查，罪犯被指控为“蓄谋杀人罪”，其不良影响会如何持续，尚待观察。

（2015 年 3 月 11 日）

中国旅游者在国外涌动

春节前，我和先生参加北京长寿俱乐部老年旅游团，前往泰国、新加坡、马来西亚旅游。此次旅游给我印象最深刻的是中国旅游者在国外之多。据最近资料统计，去年中国公民出境首次突破1亿人次。这只是一个数字的概念，这次我身临其境，所看到的情景无不让我惊呆。无论是参观还是用餐、购物，中国旅游者都可用“人山人海”“人潮涌动”“人流如过江之鲫”等形容词来形容，一点也不过分。

大王宫的人流

我们到达泰国的次日，即去参观举世闻名的曼谷大王宫。旅游车刚开到大王宫的街口即被人流堵住，我们二十几个人只好下车随着人流往里走。只见人流前面无数小旗在摇动，小旗上面写的都是中国各地旅行社的名字，无疑人流都是中国人了。我们这些老人早已被挤散，好在我们的导游是个大个子，高举着长寿俱乐部的小蓝旗，让我们看得很清楚。我们紧盯着小蓝旗，被人群挤着前行。由于人太多，参观时只得分散。我紧紧拉住老伴儿的手，怕一松开就可能谁也找不到谁。我们按照导游图，找到大王宫东北角的玉佛寺，之前据导游介绍，这是东南亚一座著名的寺庙，里面有一座佛像，是由整块翡翠雕琢而成，供奉在大雄宝殿中间的金色高座祭坛上，通体放出绿光。但要进去，必须脱掉鞋子。只见人流排着大队，上到高高的台阶上，鞋子已在台阶上摆满一大片。我们脱了鞋，随着人流进到殿内，还没等看清玉佛，就被后面涌进来的人群挤到出口。只好走到外面，想在玉佛寺前留个影，无奈人太多，没有立足之地，只好高高举起相机，将玉佛寺及其周围的一座座金碧辉煌的宫殿、宫殿顶端的凤头飞檐、雕琢精美的各式各样的塔尖摄入镜头。我们在这些琼楼玉宇中穿梭着，偶尔听到有说韩语的男女青年从我们身旁走过，抬头又看到楼台上有三五个金发碧眼的西方人在说笑着，他们在中国人的人群里简直成了稀罕物。

餐厅里的“战斗”

说也奇怪，每次参观完后，导游带我们去吃饭，众多的旅游车都开到一个地方，中国游客挤满餐厅的里里外外。如果吃桌餐，里面坐满的人没吃完，外面陆续来的人就要在门外排长队等候，不过桌餐能保证吃饱吃好。如果是自助餐，可就苦了我们这些老人了。自助餐的餐厅可随来随进，进的人越来越多，年轻人都跑到前面去，里三层外三层，把菜台堵得满满的，我们老年人挤不进去，只好到人较少的菜台，盛些炒白菜吃完了事。如果你想吃点鱼虾之类的好菜，那你就要鼓足勇气，铆足力气挤进去，但还未盛上两只虾，就又会被人挤出来。吃一顿饭可真不容易，每次都像“战斗”一样。

疯狂购物的人们

导游不时带我们去珠宝店、土特产品商店，店内外依然涌动着中国游客。一天我们到达曼谷一个珠宝店，还没下车，就看见店外人山人海。一打听，才知里面有讲解并观看录像，必须分批进去。挨到我们进入珠宝店时，只见各个柜台前都挤满了人，有的拿着项链在试戴，有的拿着手镯在询问，有的大把大把地掏出钱来在购买。我看了几个柜台的标签，价格都不菲。后来又到乳胶厂参观，差不多每个中国游客都买了大小不一的乳胶枕头，还有不少人买了硕大的乳胶床垫，只要写好国内家庭住址，公司就可直接寄到游客家中。在新加坡，中国人少不了要买鳄鱼油、千里追风膏等药品。在吉隆坡的巧克力商店，中国人就更放手购买，大包小包，每人都装了一纸箱。更有甚者，最近又见报道，中国游客在日本疯狂购买马桶盖、电饭煲、大米、药品等物；去欧洲的中国游客每人戴一块欧米茄手表回来。中国人真有钱啊！可这些钱都花在了国外，让外国人赚去了。据权威人士说，1 亿出境游的中国人，去年在境外消费超过 1 万亿元人民币，多么惊人的数字！中国旅游者在国外涌动，还不应该引起国人多方面的深思吗？

（2015 年 3 月 20 日）

云顶乐园记游

我们老年旅行团在结束泰国、新加坡的旅游之后，即到达马来西亚。旅途中导游介绍说，马来西亚有一闻名于世的旅游胜地，名叫“云顶乐园”。它建在海拔 1772 米的高山之上，面积约 4900 公顷，集户外游乐园、室内游乐场、大型商场、餐厅、舞厅、酒店等于一体，成为东南亚最大的高原避暑胜地。由于游客太多，一般旅行团不易入住，我们老人团受到特殊优待，入住一夜，当晚可以尽情享受各种游乐设施。我们大家都对此抱以期待。

当天下午，我们一行从吉隆坡驱车 50 公里前往云顶乐园，大巴沿着曲折迂回的公路盘山而上，四周林木苍翠，花草繁茂，空气清新。到达山腰后下车乘坐缆车，路线全长 3.4 公里，费时 15 分钟。坐在缆车上可以饱览浩瀚的原始森林，重峦叠嶂，云雾缭绕，宛如到了仙境一般。接近顶端时，远远看到雄伟的云顶乐园就矗立在云雾之中。下了缆车，我们进入豪华的乐园之内。

不进不知道，一进真的给我们惊呆了。巨大的游乐场，灯火辉煌，五光十色，其实这只不过是一层大厅。穿过人流，乘电梯来到“世界第一”酒店，得知这个酒店拥有 6000 多个客房，为世界酒店客房之最，使我们更赞叹不已。安顿好后我们开始乘滚梯游览各层，发现每层都有不同的场景，或琳琅满目的商店群；或成千上万家餐厅的餐饮服务；或有各种体育设施的体育馆；或是青年喜欢的游乐园，园内有极富刺激的海盗船、波浪车，许多有趣的造型从人们的头顶上飞越而过。更想不到的是，还有一层专门设有一个巨大的赌场，据说是马来西亚政府允许的唯一赌场，也是东南亚最大的赌场。我们趁兑换马币的机会到里面一睹赌场盛况，只见各色人种正在热火朝天地搏杀，外面等待入内的许多游客也跃跃欲试地准备一显身手。

据介绍，山顶还有人工湖、高尔夫球场、花园游乐场，有河流可供游客划船，冰雪世界让那些从未见过雪的人滚成雪人，跳伞模拟场则让人们体验高空飞翔的感觉，真是眼花缭乱，无奇不有。走累了，我和先生走进一家宽大敞亮、服务热情的餐馆，吃了一大碗鸡丝汤面，一位会说中文的女服务员还为我们拍照留影。在商店买了一些纪念品后，我们走到一处顶上挂满红灯的休息场所，在《花好月圆》乐曲的伴奏下，几个穿着旗袍的华人小姑娘在舞台上蹦蹦跳跳，妈妈们抢着为她们拍照。我们年纪大了，偌大的游乐园不可能全走到，就在这里与孩子们享受一下“天伦之乐”吧。

这座云顶乐园的主人是谁呢？我们在一座巨大模型前聆听了导游的介绍。乐园的主人原来是一位马来西亚华人，名“林梧桐”。他 1918 年出生，19 岁从他的家乡福建漂洋过海来到马来西亚谋生，从一个学徒、小贩发展成一个商业巨人。他一生坚守“毅力、勤奋和诚实”的理念，以数千万美元的资金，将一座人迹罕见的高山建成闻名于世的云顶乐园。这座乐园于 1965 年开始劈山建造，1971 年建成，每年吸引 100 多万世界各地游客，成为国际性的旅游王国。此后，他又在山上陆续兴建了多座酒店，我们入住的酒店就是 2005 年建成的，据说，在它的对面还要建一座拥有 7000 个客房的酒店。他还在马来西亚建立了拥有 3.3 万公顷橡胶树、棕榈树、可可树的胶园公司，还在海外兴建了游乐场。林梧桐经过四十多年的苦心经营，打造了一个价值 220 亿美元的商业王国。马来西亚国王为表彰林梧桐对马来西亚国家经济做出的贡献，于 1979 年封赐他为爵士。林梧桐于 2007 年逝世，享年 90 岁。

我们边听边从内心生出对这位创业英雄的赞叹，也由衷地为世界上有这样了不起的华人而自豪。

（2015 年 4 月 15 日）